余英時詩存

余英時詩存

鄭培凱 編

OXFORD
UNIVERSITY PRESS

OXFORD
UNIVERSITY PRESS

Oxford University Press is a department of the University of Oxford.
It furthers the University's objective of excellence in research, scholarship,
and education by publishing worldwide. Oxford is a registered trade mark of
Oxford University Press in the UK and in certain other countries

Published in Hong Kong by
Oxford University Press (China) Limited
39th Floor, One Kowloon, 1 Wang Yuen Street, Kowloon Bay,
Hong Kong

First Edition published in 2022

余英時詩存

鄭培凱 編

ISBN: 978-988-761481-4

Impression: I

在家中，背景為葉公超畫竹，二〇一五年。陳淑平攝

和傅漢思、張充和在耶魯，陳淑平攝

在家中「論天人之際」，二〇一五年。

家後園樹林裏的鹿，二〇〇六年。陳淑平攝

「魚相忘於江湖，得逍遙自在之樂。」余英時寫於二〇〇七年。
陳淑平攝

家後園裏的花，二〇〇六年。陳淑平攝

目錄

鳴謝

陳玨
陳奎德
董橋
董明
傅鏗

葛兆光
黃進興
金耀基
李歐梵
林道群

林燾
邵東方
蘇曉康
孫康宜
王汎森

嚴志雄
袁偉時
章詒和
周言

獻詩

鄭培凱

生命不一定是磨難
或許是一場歷練，你告訴我
苦難與顛沛流離總是有的
孔子與蘇格拉底也曾遭罪

歷史從不要求救贖
人類總得逆來順受
承擔時間累積的業孽
設法超越文明而昇華
如鯤鵬扶搖直上九萬里
看青山是一脈青山

白雲是一片白雲
寒來暑往，秋收冬藏

世紀的堤壩坍塌如雪崩
焦灼的面龐奔騰如飆風
野火呼嘯過貧瘠的大地
誰還在乎江心的砥柱

坐在陽台上看山觀海
思緒回到五十年前
吐露港依舊飄忽你的身影
烏溪沙也沒忘記你的足跡
我在常春藤盤繞的門牆下徘徊
等待先知歸來，帶回靈思的啟示

讀書窗，淅喇喇，清風明月知無價
走下講壇並非艱難的抉擇
退休的歲月卻考驗生命的意義
桃花源裏如何種一畦玫瑰
或許是茉莉芳香，是梔子花開
要不種一株參天的青樟，你問我
守候在村前的水口，清澈潺潺
期盼歷代的智者拄着杖藜歸來

二〇二一年十二月初稿

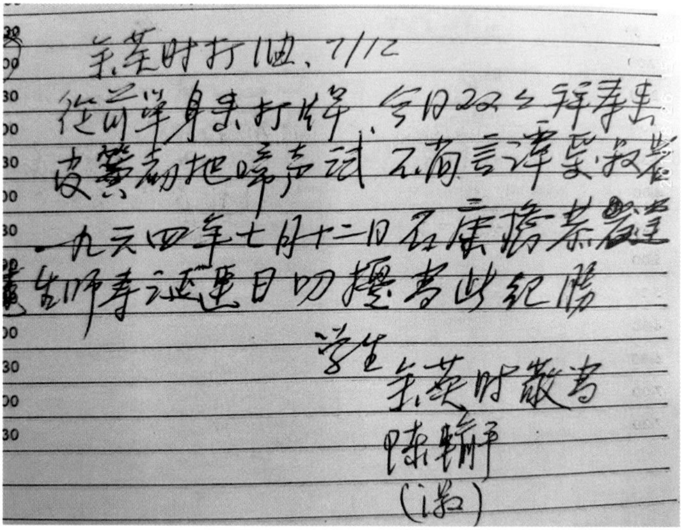
余英時打油、7/12
從前單身來打擾，今日雙雙拜壽來，
皮簧初把嗓聲試，不為言譚要敬老。
一九六四年七月十二日在康橋恭逢蓮
生師壽誕是日叨擾書此紀勝
學生
余英時敬書
陳淑平

為蓮生師祝壽[一]

一九六四年七月十二日在康橋恭逢蓮生師壽誕，連日叨擾，書此記勝。

從前單身來打牌，近日雙雙拜壽來。
皮簧初把啼聲試，不尚言譚愛叔岩。

一 楊聯陞（一九一四—一九九〇），字蓮生，原籍浙江紹興，河北清苑人，哈佛大學榮譽教授。按：見楊聯陞日記。此年六月六日，余英時、陳淑平成婚，婚後到康橋住一月，故云「叨擾」。一九六四年七月十二日。余英時在哈佛大學，第一年是訪問學人，以後的五年半是博士班研究生，指導老師是楊聯陞。錢穆《師友雜憶》：「學期中，哈佛來邀去作學術演講。晤雷少華，親謝其對新亞研究所之協助。雷少華謂，哈佛得新亞一余英時，價值勝哈佛贈款之上多矣，何言謝。英時自去哈佛兩年，轉請入研究所讀學位，獲楊聯陞指導，成績稱優，時尚在校。」原註：「一九六四年七月十二日在康橋躬逢楊蓮生師壽誕，連日叨擾，專此紀勝。學生余英時、陳輪（淑）平敬書。」編按：余先生後來曾跟周言兄説，故意把「淑」寫成「輪」，因為當時楊先生身體已經不好，患有精神疾病，當天余英時、陳淑平和楊先生打麻將，為討楊先生高興，故意讓牌。

贈楊聯陞師[一]

七載師門無限思，重來桃李又盈枝。
如來升座天花墜，伽葉當年解笑時。

【附】楊聯陞和詩

古月寒梅繫夢思，誰期海外發新枝。[二]
隨緣且上須彌座，轉憶當年聽法時。

一　一九六五年。
二　按：古月指胡適，寒梅即梅貽琦。

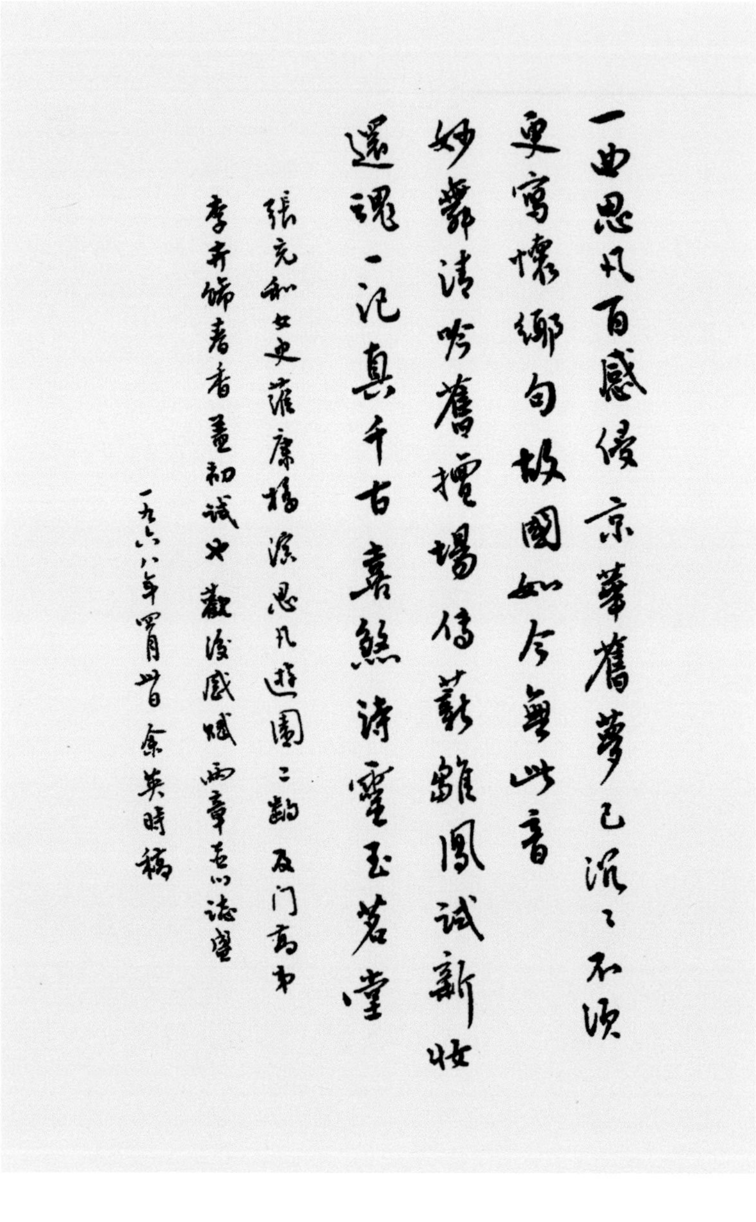

一曲思凡百感侵　京華舊夢已沉沉　不須更寫懷鄉句　故國如今無此音

妙舞清吟舊擅場　傳薪雛鳳試新妝　還魂一記真千古　喜煞詩靈玉茗堂

張充和女史演崑曲思凡遊園二齣　及門高弟李卉飾春香　蓋初試也　觀後感賦兩章書以誌盛

一九六八年四月卅日　余英時稿

觀崑曲《思凡》《遊園》有感[一]

一曲思凡百感侵，京華舊夢已沉沉。
不須更寫懷鄉句[二]，故國如今無此音。（其一）

妙舞清吟舊擅場，傳薪雛鳳試新妝。
還魂一記真千古，喜煞詩靈玉茗堂。（其二）

張充和女士蒞康橋演《思凡》、《遊園》二齣，及門高弟李卉飾春香[三]，蓋初試也。觀後感賦兩章並以誌盛。

一九六八年四月卅日

一　張充和（一九一四－二〇一五），合肥四姐妹，著名崑曲家、書法家，一九六二年起偕丈夫傅漢思任教耶魯大學東亞系。一九六八年。

二　亦作「不須更寫懷鄉曲」。

三　李卉，張光直夫人。

【附】張充和和詩

哀樂前緣上下場，新憂壓遍舊時妝。
散花人亦勞勞者，諸法同源各異堂。（其一）
橫流葭葦總相侵，再整衣冠再陸沉。
此曲微茫如可聽，懨懨如縷賴知音。（其二）

【附】楊聯陞《觀劇》

萬壑爭流傳古韻，百花齊放聽新鶯。
今宵定有還鄉夢，春在山陰道上行。

【附】葉嘉瑩詩

白雪歌聲美，黃冠舞態新。夢回燕市遠，鶯囀劍橋春。
弦頌來身教，賓朋感意親。天涯聆古調，失喜見傳人。

張充和應趙如蘭女史之邀，攜其及門高弟李卉來哈佛大學演出崑曲《思凡》《游園》二齣，蓮笙英時諸先生相繼有作，亦勉成一律。

贈陳穎士詩一

管他趙李與孫錢，娶得嬌妻便是仙。
今日乘龍歸去也，春光長繞點蒼煙。

【附】陳穎士答贈詩（有序）（一九七二年壬子仲夏在臺北）

壬子仲夏，余英時教授赴港，道經北市，以余曾與雲南龍家小姐交往贈詩相謔。實則時過境遷，唯付一笑，乃步原韻答之。

不為虛榮不為錢，無家長做地行仙。
漢皋龍女今安在？紫玉當年已化煙。

一　陳穎（一九五二－二〇〇九），字穎士，生於河南開封。曾在耶魯大學任教，著有《蠹餘集：汴梁陳穎士先生遺詩稿》。一九七二年。

和楊聯陞師[一]

未行先自訂歸期，怕向名場竟入時。
嶺外梅花任開落，康橋風雪最相思。

【附】楊聯陞《送英時》（一九七三年五月十日）
少年分袂易前期，壯歲揚鞭莫後時。
為仰清風濡沫侶，摘茶撥火總相思。

一　一九七三年。

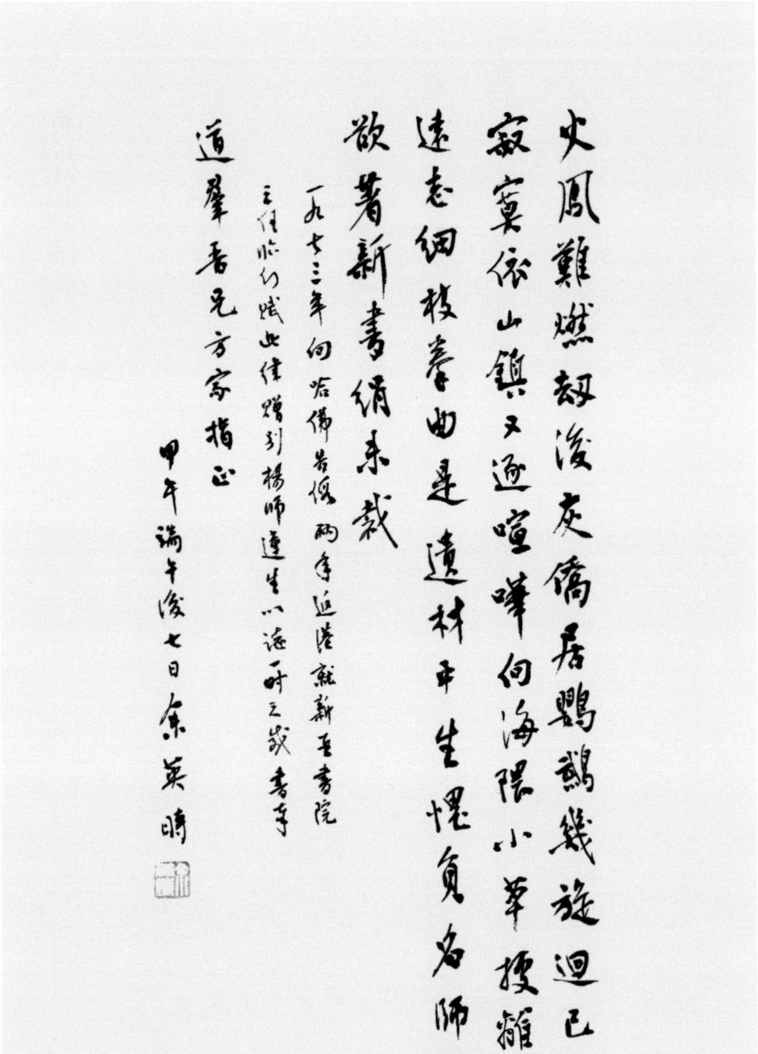
火鳳難燃劫後灰僑居鸚鵡幾旋迴已甘
寂寞依山鎮又逐喧嘩向海隈小草搜羅無
遠志細枝春由是遺材平生愧負名師教
敢著新書續未裁
一九七三年向哈佛告假兩年返港就新亞書院
之任臨行賦此律贈別楊師蓮生以誌一時之感書奉
道群吾兄方家指正
甲午端午後七日 余英時

贈別蓮生師

癸丑（一九七三）夏將行役香江，蓮生師贈詩有「楚材自是堪梁棟，起鳳騰蛟到海隅」之句，愧無以當。謹答七律一首明志，即以呈別。余英時未是草。

火鳳難燃劫後灰，僑居鸚鵡幾旋迴。
已甘寂寞依山鎮，又逐喧嘩向海隈。
小草披離無遠志，細枝拳曲是遺材。
平生愧負名師教，欲著新書絹未裁。

【附】勞思光〈英時寄近作步韻報之〉

人間誰許撥寒灰，逼眼滄桑更幾迴？
車過山川皆客路，心安朝市等林隈。
久疑配命關多福，翻悟全生貴不材。
風雨滿天懷舊切，殷勤尺素手親裁。

賀洪業八十歲生日[一]

矯矯仙姿八十翁，名山業富德符充。
才兼文史天人際，教寓溫柔敦厚中。[二]
孫況傳經開漢運，老聃浮海化胡風。
儒林別有衡才論，未必曹公勝馬融。[三]

一　洪業（一八九三－一九八〇），字鹿芩，號煨蓮，福建侯官人，歷史學家。著有 *Tu Fu: China's Greatest Poet*，一生致力編纂中國古籍引得。一九七三。

二　自註：「學際天人，才兼文史」是《舊唐書》劉知幾及其他史官列傳末的史臣評語；「溫柔敦厚」則正是指洪先生的人格修養而言的。

三　余英時〈顧頡剛、洪業與中國現代史學〉：「末語針對當時中國大陸的局勢而發，所指更是極為明顯。一九七四年我在香港，聽說洪先生在哈佛燕京圖書館看報，讀到那些毫無理性的「批孔」言論，氣憤之至，出來時竟在圖書館大門前跌了一跤，把頭都摔破了，幾乎因此送命。」

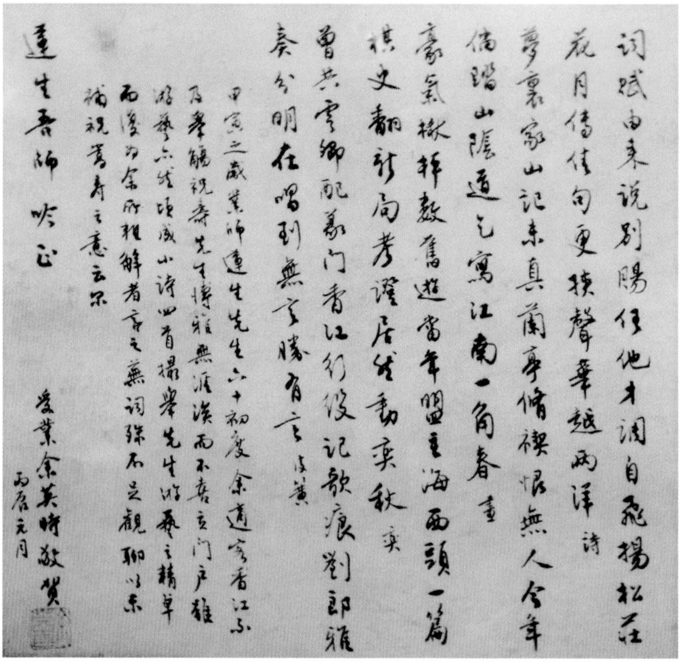

詞賦由來說別腸 任他才調自飛揚 松荘
花月倩佳句 更換聲華越兩洋 詩
夢裏家山記未真 蘭亭修禊恨無人 今年
倩踏山陰道 已寫江南一角春 畫
豪氣縱橫數舊遊 當年盟主海西頭 一篇
棋文翻新局 考證居然動奕秋 奕
曾共雲鄉配蕭門 香江行役記歆痕 劉郎雖
奏分明在 唱到無言勝有言 度曲

甲寅之歲業師蓮生先生六十初度 余適客香江不
及奉觴祝壽 先生博雅無涯涘 而不喜立門戶 雖
游藝亦然 頃成小詩四首 揭櫫先生游藝之精卓
而淺如余所粗解者亦之蕪詞 殊不足觀 聊以
補祝嵩壽之意云爾

受業余英時敬賀

蓮生吾師 吟正

丙辰元月

業師蓮生六十初度

甲寅之歲業師蓮生先生六十初度，余適客香江，不及舉觴祝壽。先生博雅無涯涘，而不喜立門户，雖游藝亦然。頃成小詩四首，撮舉先生游藝之精卓，而復為余所輯解者言之，蕪詞殊不足觀，聊以示補祝壽之意云爾。

蓮生吾師吟正

受業余英時敬賀

丙辰元月（一九七六）

詞賦由來説別腸，任他才調自飛揚。

松莊花月傳佳句，更挾聲華越兩洋。詩

夢裏家山記未真，蘭亭脩禊恨無人。

今年倘踏山陰道，乞寫江南一角春。畫

豪氣楸枰數舊遊，當年盟主海西頭。
一篇橫史翻新局，考證居然動奕秋。奕

曾共雲卿配義門，香江行役記歌痕。
劉郎雅奏分明在，唱到無言勝有言。皮簧

悼周恩來 一

化骨揚灰散作塵，一生伴虎有餘辛。二
先機抱器歸張楚，晚節藏鈎賺大秦。三
始信秀才能造反，更無宰相解安民。
萬千寒士應垂淚，誰為神州護早春。四

一 周恩來（一八九八—一九七六），中國總理，近現代史上的重要政治家。按：余英時〈霸才無主始憐君〉：「周恩來死在一九七六年一月，火化後骨灰遍撒在中國大陸，據說這是執行他的遺志。上面引的一首律詩便是我在那個時候寫的，曾以「觀于海者」的筆名發表在香港的《明報月刊》上。不久，徐復觀先生來信告訴我說，《大公報》中的人曾向他探詢這首詩的作者是誰。」

二 按：「伴君如伴虎」。

三 按：《易．繫辭下》：「君子藏器於身，待時而動，何不利之有。」司馬遷《史記．陳勝世家》：「陳涉乃立為王，號為張楚。」相傳漢武帝暮年寵愛的最後一位夫人初入宮時一直把拳頭攥得很緊，武帝親自展其玉手，發現手內有一小鈎，遂賜名鈎弋夫人，其子劉弗陵即位後史稱漢昭帝。

四 按：費孝通〈知識分子的早春天氣〉。

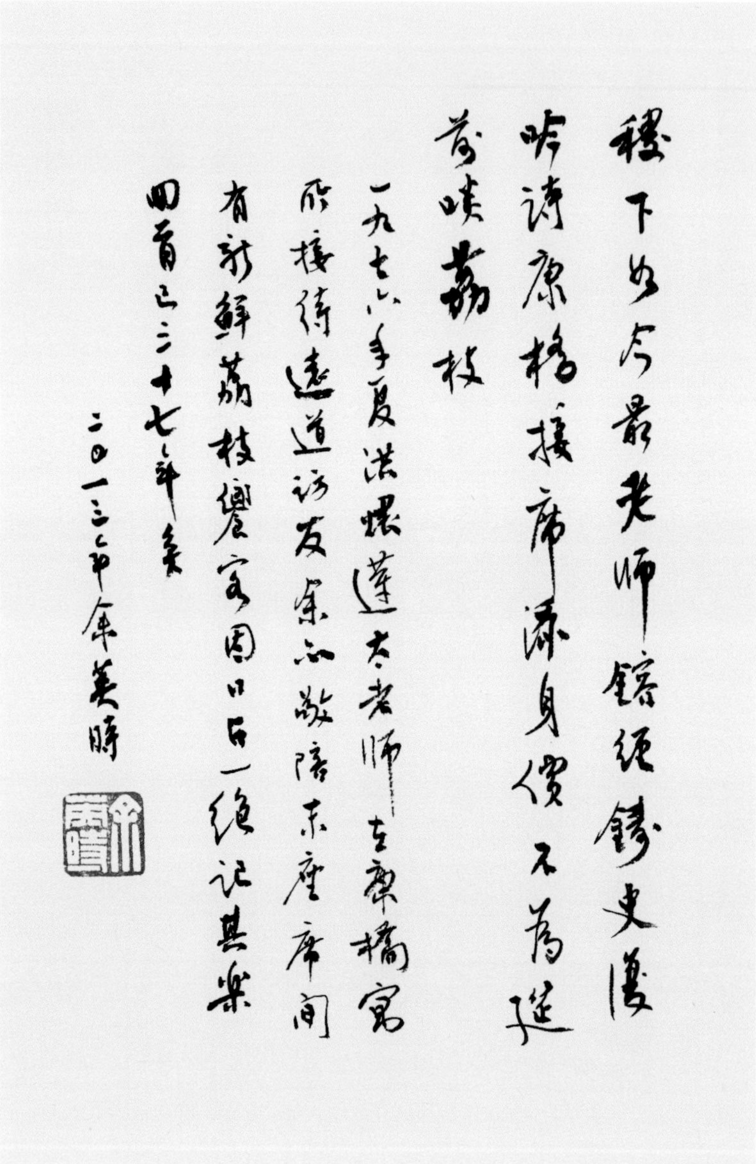
稷下如今最老师，镕经铸史复吟诗。康桥接席添身价，不为筵前啖荔枝。

一九七六年夏洪煨莲太老师在康桥寓所接待远道访友，余亦敬陪末座，席间有新鲜荔枝飨客，因口占一绝记其乐。回首已三十七年矣。

二〇一三年余英时

洪煨蓮太老師[一]

稷下如今最老師，鎔經鑄史復吟詩。
康橋接席添身價，不為筵前啖荔枝。

一九七六年夏，洪煨蓮太老師在康橋寓所接待遠道訪友，余亦敬陪末座。席間有新鮮荔枝饗客，因口占一絕記其樂，回首已三十七年矣。二〇一三年

一 洪煨蓮，洪業。一九七六年。

帝子乘風御翠華 不周山下萬旗
斜 倦隨夸父追炎日 漫訪吳剛向
桂花 恒鳥已嘗懸圃水 嫦娥空守煉爐
砂 蒼茫大地無情甚 欲主浮沉願總賒

丙辰中秋紀事 三十五年前舊作 書寄

偉時先生方家兩正

辛卯十月 余英時

丙辰中秋紀事一

帝子乘風御翠華，不周山下萬旗斜。二
倦隨夸父追炎日，漫訪吳剛問桂花。三
恆鳥已嘗懸圃水，嫦娥空守煉爐砂。
蒼茫大地無情甚，欲主浮沉願總賒。四

一 余英時〈從中國史的觀點看毛澤東的歷史位置〉：「毛死後，我最早涉及他的文字則是一首詩，題為〈丙辰中秋紀事〉，以「覯于海者」的筆名發表在一九七六年十月一日出版的《明報月刊》上。這首七律推測毛死後中共政局的演變，曾引起不少人的唱和。現在附錄於下，以存十九年前初聞其死訊時的心跡。這首詩盡量運用毛澤東詩中的語言，讀者自能辨之。『恆鳥』是古代神話中的『恆山之鳥』，指中共黨中的『老幹部』，當時英文報導所謂"party regulars"也。『嫦娥』自然是江青的代號。此詩刊出時，江青等尚未被捕，所以不妨看作是『推背圖』或『燒餅歌』的一類的東西。」

二 毛澤東《七律答友人》有「帝子乘風下翠薇」，《漁家傲．反第一次大「圍剿」》有「不周山下紅旗亂」。

三 毛澤東《蝶戀花．答李淑一》有「寂寞嫦娥舒廣袖」、「吳剛捧出桂花酒」。

四 毛澤東《沁園春．長沙》有「問蒼茫大地，誰主沉浮」。

帝子乘風御翠華不周山下葛旗
斜傍隨夸父追炎日漫訪吳剛向
桂花恨鳥已嚐玄圃水婦娥空守
燎熿砂蒼茫大地無情甚欲主
浮沉願撼蹉
舊作出題一首
英時

賀宛君師母花甲大慶一

花甲初逢共舉觴，壽筵開處喜洋洋。
相夫教子人爭仰，孟母原來是孟光。

一　楊聯陞夫人繆宛君。按：楊聯陞日記，一九七七年一月二十三日在北京園定一桌酒席為宛君祝賀六十整壽，「席間英時作賀詩」云云。一九七七年。

依韻延煊留別詩[一]

攜得春歸草木滋，客居況味足相思。
中年離合絲千縷，浮世聲華水一卮。
不信流沙渡李耳，未妨瀛海隱安期。
逸民只合傳經老，才說興亡論已歧。

一　勞延煊（一九三四－二〇一六），歷史學家，余英時哈佛大學同學，勞榦之子。

按：初載於陳穎士《蠹餘集》，一九七七年丁巳春。

贈別延煊返哥城[一]

半載流光忙裏過，一冬風雪客中居。
史裁自是君家物，春動歌城好著書。

【附】偶感次韻延煊和英時贈別詩（一九七七丁巳春）

拈花微笑憑君解，煮酒論才敢自居？
黃絹亂裁千百卷，名山幾見有藏書。

【附】勞延煊奉和英時贈別（一九七七丁巳）

北海樽前席不虛，雪中到訪碧山居。
明朝又向湖濱去，細讀彭城論史書。

一　一九七七年丁巳春。

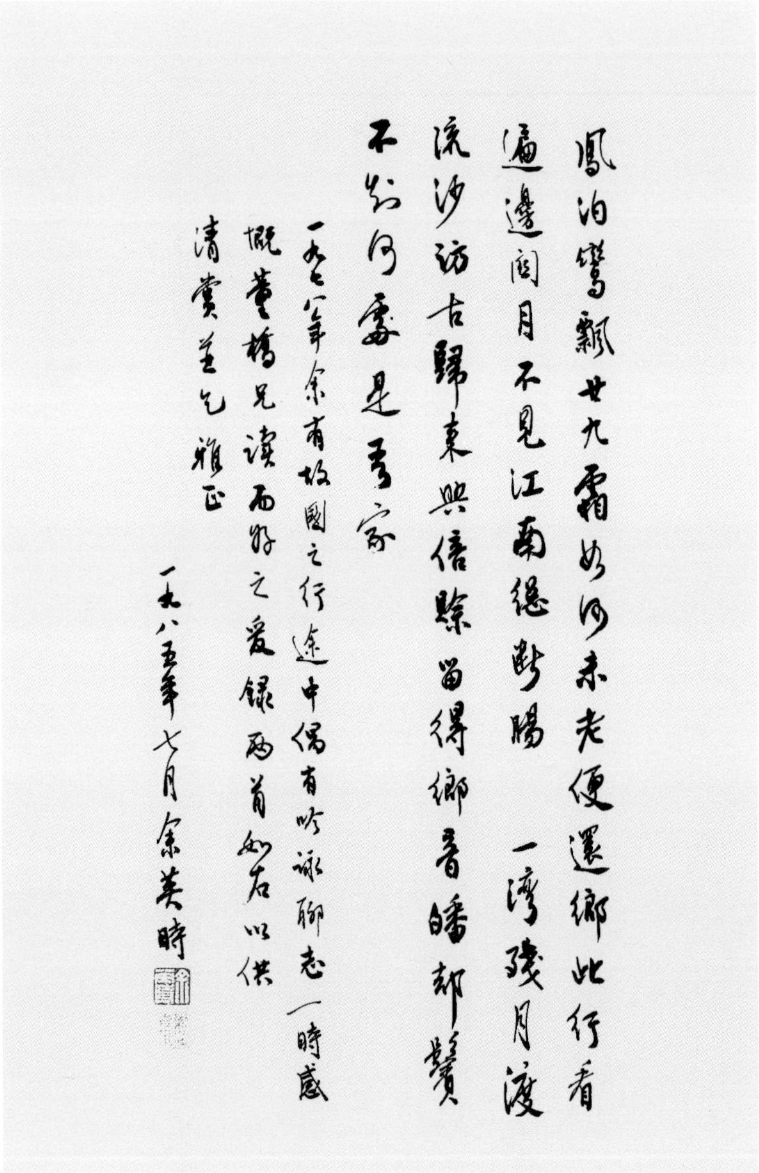
鳳泊鸞飄廿九霜如何未老便還鄉此行看
遍邊關月不見江南總斷腸　一灣殘月渡
流沙訪古歸來興倍賒留得鄉音皤却鬢
不知何處是吾家
一九七八年余有故國之行途中偶有吟詠聊志一時感
慨董橋兄讀而好之爰錄兩首如右以供
清賞並乞雅正
一九八五年七月余英時

訪大陸感懷兩首[一]

鳳泊鸞飄廿九霜，如何未老便還鄉。
此行看遍邊關月，不見江南總斷腸。[二]（其一）

一　余英時〈我的中國情懷〉：「一九七八年十月，我第一次回到中國大陸，離出國的時間已整整二十九年了。從東京飛北京那幾個小時，心情真是有說不出的激動。」又《余英時回憶錄》：「一九七八年十月，我在離開了二十九年之後重到易名的北京，竟感覺到那是一個完全陌生的地方。」

二　〈我的中國情懷〉：「限於訪問團的性質，我們的行程基本上不包括我少年時代所熟悉的江南。其中雖預計在南京停留一天，訪問紫金山的天文台，但又因班機延誤而臨時取消了。以我們的學術任務而言，此行可謂了無遺憾，即以開闊眼界而言，此行也收穫至豐。但是失去重到江南的唯一機會，對我個人而言，則實不勝其惆悵。所以在離開北京的前夕，我曾寫下這樣幾句詩。」

一彎殘月渡流沙，訪古歸來興倍賒。
留得鄉音皤卻鬢，不知何處是吾家。」（其二）

一　余英時〈我的中國情懷〉：「從敦煌回來，要在清晨三時左右乘汽車趕到柳原。殘月在天，在橫跨戈壁的途上先後遇到多起駱駝車向敦煌的方向進行，也許是趕早市的村民吧。我當時不禁想到：這豈不是兩千年前此地中國人的生活寫照嗎？除了我們乘的汽車，兩千年來的敦煌究竟還有些什麼別的變化呢？至少以這個地區而言，漢代的敦煌是比今天要繁榮熱鬧得多了。我的『中國情懷』禁不住又發作了，這也有詩為證。」

河西走廊口占一

昨發長安驛，車行逼遠荒。
兩山初染白，一水激流黃。
開塞思炎漢，營邊想盛唐。
時平人訪古，明日到敦煌。二

一　〈我的中國情懷〉：「這次我們的代表團在中國先後旅行了整整一個月。我們的任務是訪問漢代遺蹟，所以足跡所至大致以『秦時明月漢時關』為主，在洛陽、西安、蘭州、敦煌、昆明、成都等地各停留了兩三天……二十年前我曾研究過漢代的中外經濟交通，河西走廊正是我的研究重點之一。但當年只是紙上談兵，對這條『絲路』並沒有親切的認識。這次從西安經蘭州去敦煌才使我了解祖先創業的艱難。這是程伊川所謂的『真知』。在蘭州至敦煌的途中，我有《河西走廊口占》一詩。」按：據張先玲〈憶英時表哥二三事〉：「昨發長安驛，車行逼遠荒。兩山輕染白，一水激流黃。開塞思炎漠，營邊想盛唐。世平人訪古，明日到敦煌。」有二處異文。

二　按：時平，即余英時、陳淑平。

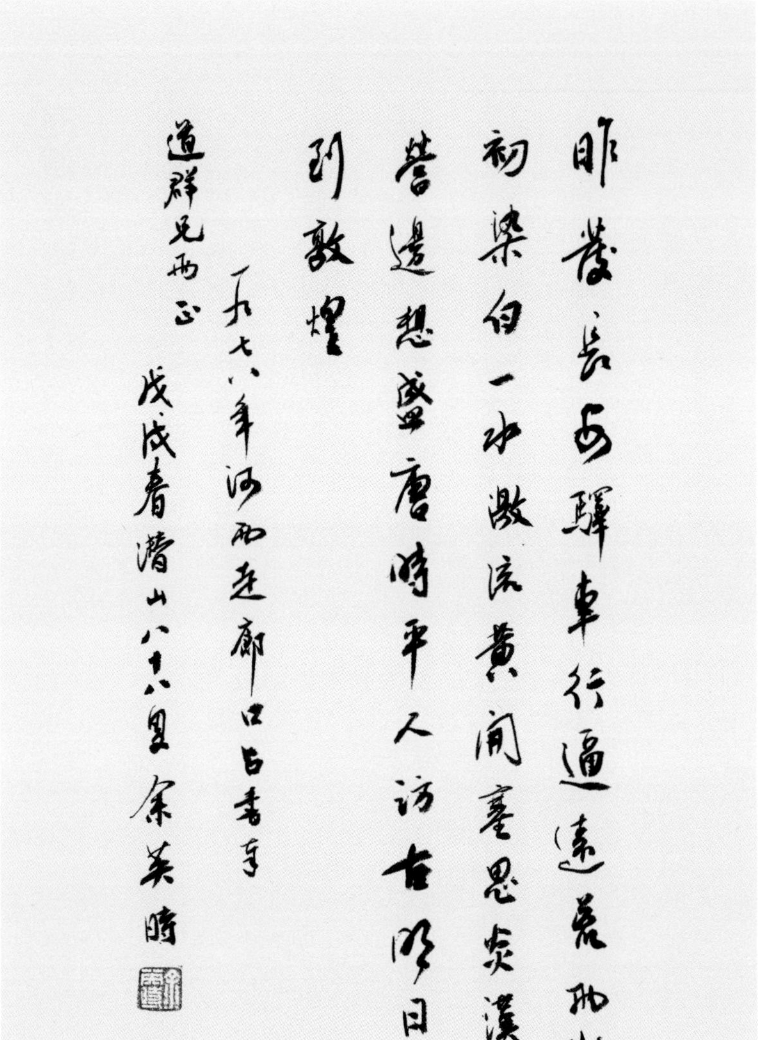
昨發長安驛車行遍遠荒祁山
初染白一水激流黃關塞思炎漢
營邊想盛唐時平人訪古明日
到敦煌
一九七八年河西走廊口占書事
道群兄兩正
戊戌春潛山八十八叟余英時

調寄西江月

初訪鳴沙山下，莫高藏寶無窮；
漢唐藝術有遺蹤，文化中西並重。一

一　按：據張先玲〈憶英時表哥二三事〉：余先生另有《題敦煌文物研究所紀念冊》：「初訪鳴沙山下，莫高瑰寶無窮；漢唐藝術有遺蹤，風格中西並重。」有三處異文。

半壁江山是千秋血孫阿濂判九源

零炤替之隨暗焉孤懷煙解今年

偶尋棄趣爭殘敕無託詩思當此

散眼底興之心留影圖門四

新愁

韋齋指學史之裘教青有山居即興七律四首

抒懷詩一律答益之

吟正

己未冬弟余葉遠鶴

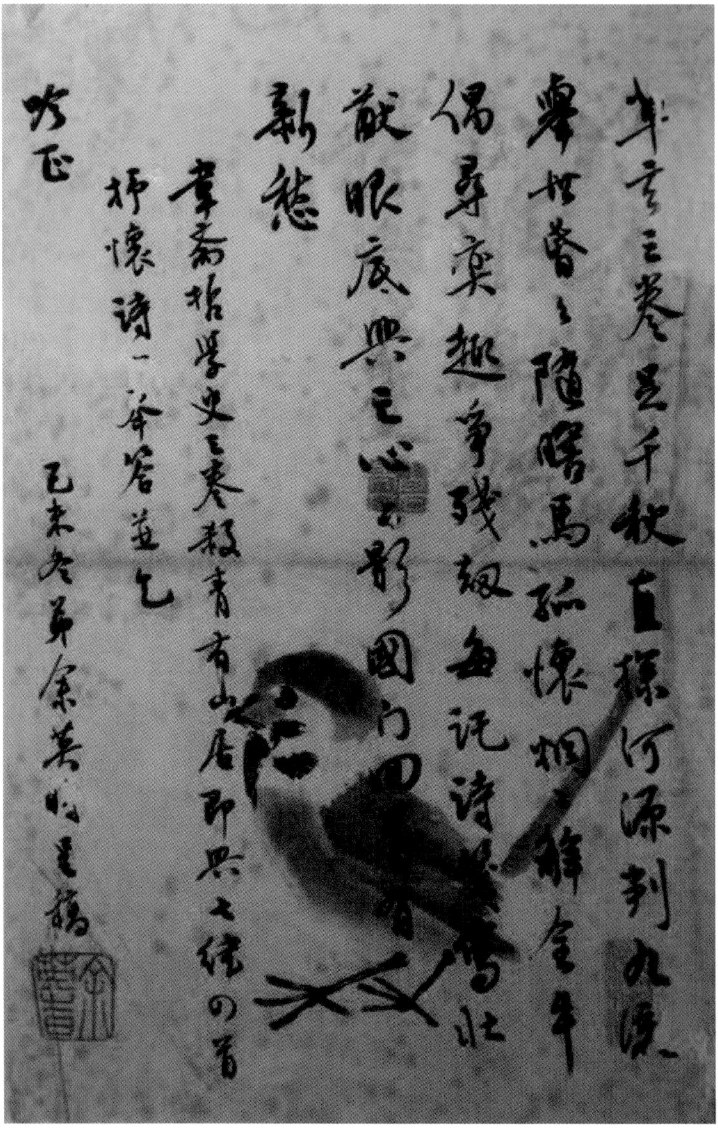

韋齋哲學史三卷殺青，抒懷詩一奉答[一]

草玄三卷足千秋，直探河源判九流。
舉世昏昏隨瞎馬，孤懷烱烱釋金牛。
偶尋奕趣爭殘劫，每託詩箋寫壯猷。
眼底興亡心上影，國門回首有新愁。

韋齋哲學史三卷殺青有《山居即興》七律四首，抒懷詩一奉答，並乞吟正。
己未冬，弟余英時呈稿。

一　勞思光（一九二七—二〇一二），原名勞榮瑋，字仲瓊，號韋齋，筆名思光，湖南長沙人，著名哲學家，有《新編中國哲學史》三卷四冊、《思光詩選》等。

【附】勞思光《山居即事》四律，己未（一九七九）

山居倍覺世情疏，隨意風光足畫圖。
醉酒村人爭蟹爪，分魚稚女弄狸奴。
聞車乍記塵器近，對月何妨帽影孤。
暇日掩關酣午睡，卻驚殘夢舊京都。（其一）

興廢真成壁上觀，偶因當戶惜芝蘭。
茫茫萬古多遺憾，草草平生敢自寬？
高枕玄思忘夜永，疏窗嚴氣驗冬寒。
頻年勘破升沉理，始信伊川境至安。（其二）

誰擲金輪碎大千，麻姑慣說海成田。
鄧林有恨誰追日，華嶽何緣欲接天。
欺眾尚聞宣四教，足民未必效三年。
劇憐曲散城西後，萬戶飛霜絕管絃。（其三）

回天心事百無成，暮景相侵意轉平。
每悔多言刪少作，久排眾議感孤明。
昏昏世亂誰先覺，落落才難幾後生。
知命志憂吾分定，玉龍深鎖莫狂鳴。（其四）

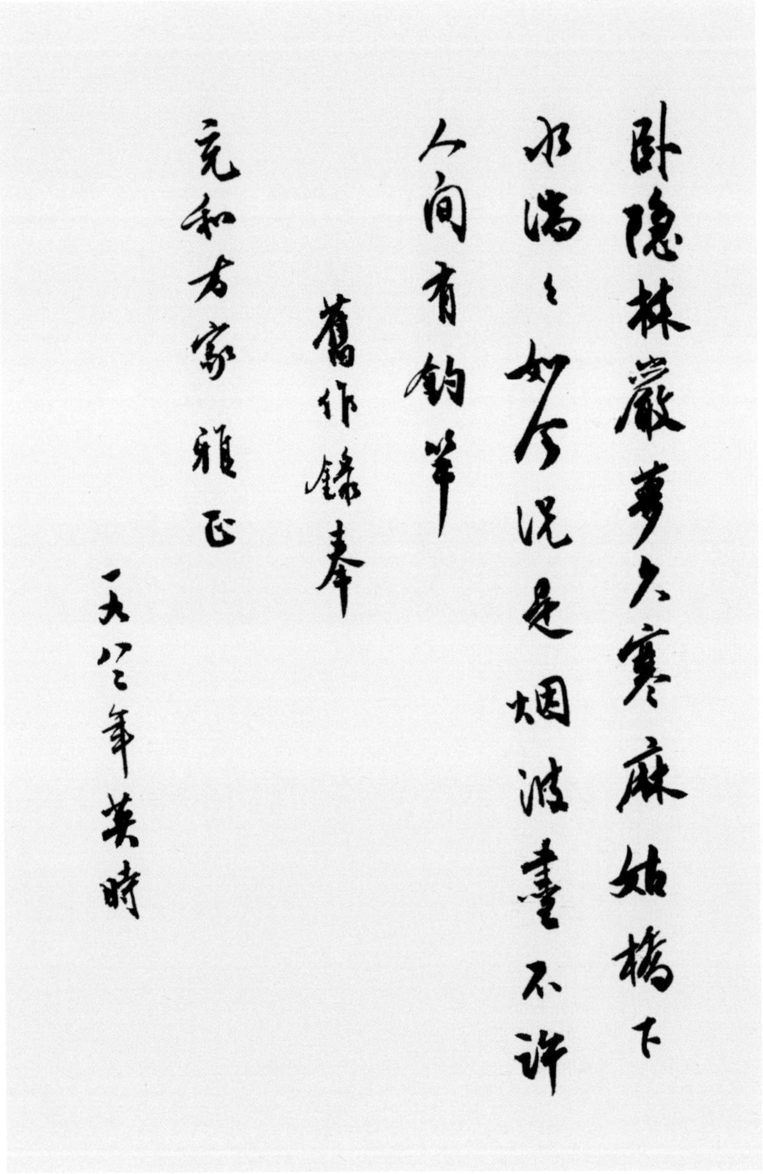
臥隱林巖夢久寒麻姑橋下
水潺々如今況是烟波盡不許
人間有釣竿
舊作錄奉
元和方家雅正
一九八七年英時

贈錢鍾書夫婦七律一

藝苑詞林第一緣，春泥長護管錐編。
淵通世競尊嘉定，慧解人爭說照圓。二
冷眼不饒名下士，深心曾託枕中天。三
輶軒過後經風雨，悵望齊州九點煙。

一 錢鍾書（一九一〇—一九九八），字默存，號槐聚，著名學者、作家。夫人楊絳，本名楊季康，著名翻譯家、作家。余英時《師友憶往》有記：《管錐編》第一、二冊出版後，錢鍾書給余英時寄書，扉頁親筆題識「每得君書，感其詞翰之妙，來客有解事者，輒出而共賞焉。今晨客過，睹而歎曰：『海外當推獨步矣。』應之曰：『即在中原亦豈作第二人想乎！』」其後又收到錢鍾書《舊文四篇》和楊絳題贈的《春泥集》，一九八〇年遂成這首七律。此詩一九九一年五月二十三日「與蓮生師宛君師母相別一年重聚康橋。此樂為近年所未有。飯後談詩，因錄舊作《贈錢鍾書夫婦》七律一首，以求教正。」同日楊聯陞也寫了一首：「偶向人間露一麟，十年留得血痕新。人間喜劇成悲劇，祗為君王怨鬼神。」

二 余註：錢大昕：王照圓，郝懿行夫人，才學為有清一代之冠。

三 余註：默存先生《圍城》，今之《儒林外史》；季康夫人以劇作名家。

讀《管錐編》三首[一]

臥隱林岩夢久寒，麻姑橋下水湍湍。
如今況是煙波盡，不許人間有釣竿。[二]

一　余英時〈我所認識的錢鍾書先生〉：「一九七九年別後，我就再也沒有見過他了，不過還有一點餘波，前後延續了一年多……最使我感動的，是在《管錐編》第一二冊後，他以航郵寄賜，扉頁上還有親筆題識。不久我又收到他的《舊文四篇》和季康夫人所題贈的《春泥集》。受寵若驚之餘，我恭恭敬敬地寫了一首謝詩。……《管錐編》第三、第四冊面世，他又以同樣辦法寄贈，以成完璧。我復報之以《讀〈管錐編〉三首》。」一九八〇年。

二　自注：《全漢文》卷二十。

避席畏聞文字獄，龔生此語古今哀。
如何光武誇柔道，也為言辭滅族來。一

桀紂王何一例看，誤將禍亂罪儒冠。
從來緣飾因多欲，巫蠱冤平國已殘。二

一　自注：《全後漢文》卷十四。
二　自注：《全晉文》卷二七。

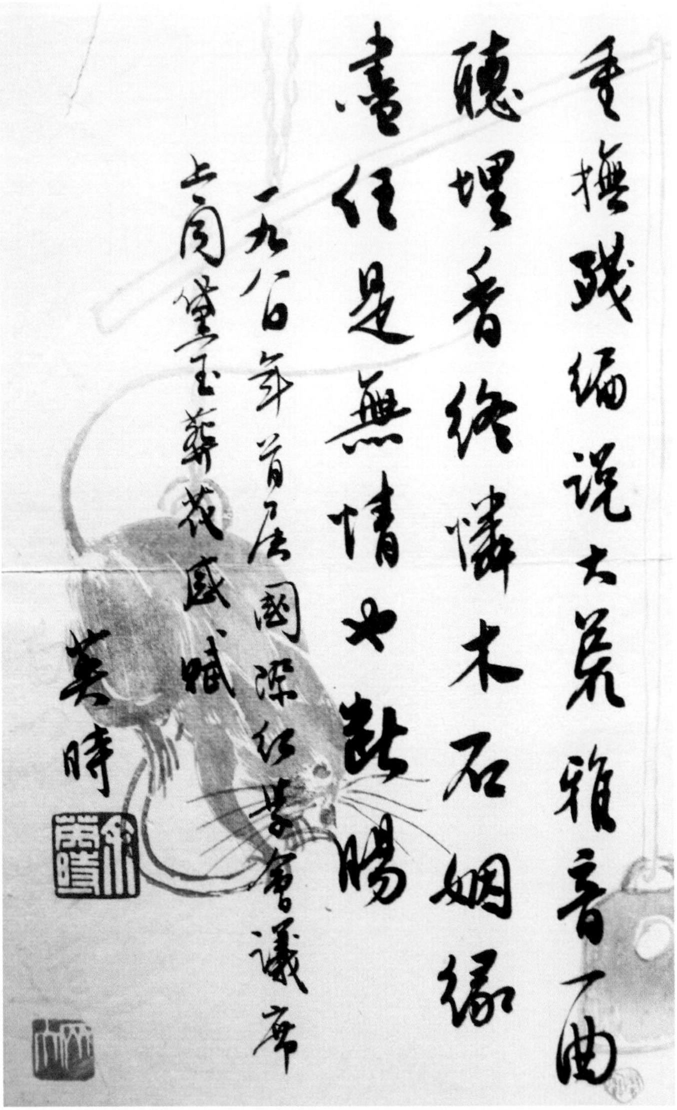
手撫殘編說大荒雅音一曲
聽埋香絳珠木石姻緣
盡任是無情也斷腸
一九八〇年首屆國際紅學會議席
上同黛玉葬花感賦
英時

《紅樓夢》七絕一首[一]

重撫殘篇說大荒，雅音一曲聽埋香。
終憐木石姻緣盡，任是無情也斷腸。[二]

一九八〇年首屆國際紅學會議席上聞黛玉葬花感賦。

一　一九八〇年六月周策縱於威斯康星大學舉辦「首屆國際《紅樓夢》研討會」，來自兩岸及美、英、加、日等國的學者八十多人，余氏提交論文為〈曹雪芹的反傳統思想〉，又於席上作七絕一首。

二　《紅樓夢》六十三回有「任是無情也動人」，詩句原出自唐人羅隱《牡丹花》。

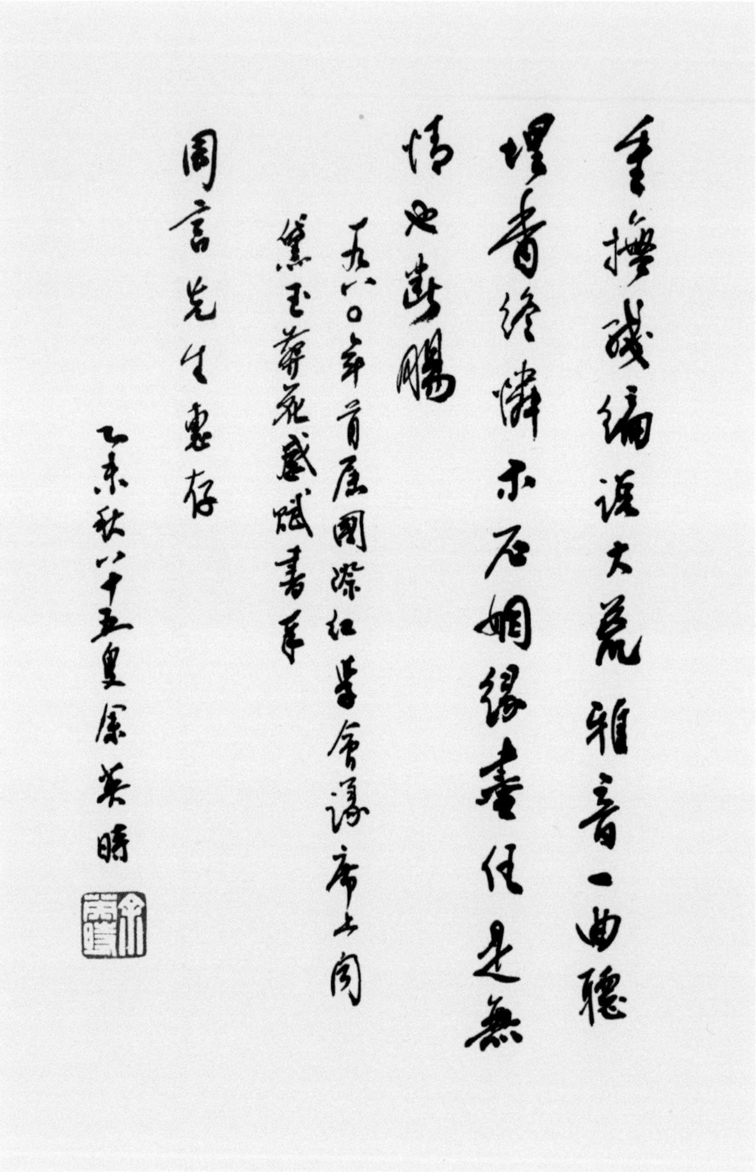
重撫殘編說大荒雅音一曲聽
埋香終憐木石姻緣盡任是無
情也斷腸
一九八〇年首屆國際紅學會議席上聞
黛玉葬花感賦書呈
周言先生惠存
乙未秋八十五叟余英時
余英時

賀陳雪屏丈八十大壽[一]

國手能安劫後危，十年籌策算全棋。
平生志業歸青史，晚歲行藏付墨池。
天以仁心增壽考，人憑老眼望明時。
揭竿且與仙翁約，一局長生睹紫帔。（其一）

始信姻緣有宿因，十年侍座倍情親。
楸枰早已輸先著，翰墨真當愧後塵。
席上愛斟新酤酒，燈前每話舊時人。
太平他日開家宴，浮海同歸醉好春。（其二）

一　陳雪屏（一九〇一－一九九九），江蘇宜興人，中華民國政治人物、教育家，曾任國立臺灣大學心理學系教授超過三十年。余先生岳父。「一九八一年我寫了兩首七律祝雪翁八十初度。但我的書法不登大雅之堂，所以乞援於充和。」

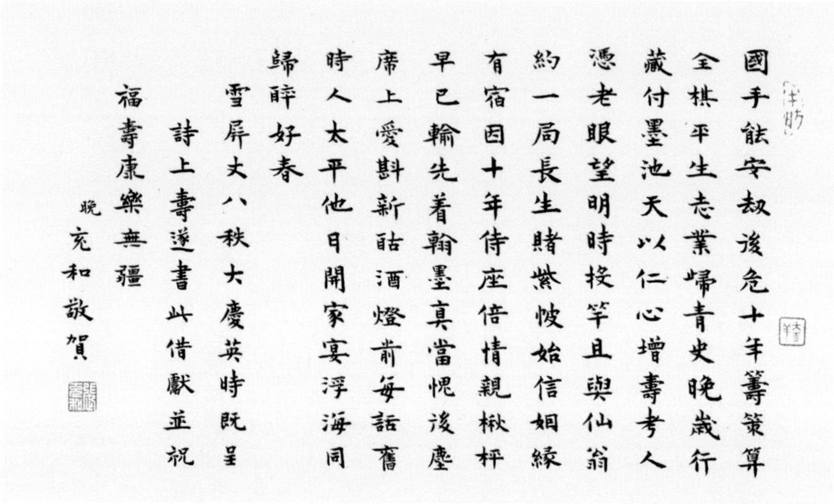

國手能安劫後危十年籌策算
全棋平生志業歸青史晚歲行
藏付墨池天以仁心增壽考人
憑老眼望明時投竿且與仙翁
約一局長生賭縈悅始信姻緣
有宿因十年侍座倍情親楸枰
早已輸先着翰墨真當愧後塵
席上愛斟新酤酒燈前每話舊
時人太平他日開家宴浮海同
歸辭好春

雪屏丈八秩大慶英時既呈
詩上壽遂書此借獻並祝
福壽康樂無疆

晚 充和敬賀

和馮友蘭一

白鹿青田各有宗，千年道脈遍西東。
鵝湖十日參同異，變盡猖狂一時風。

【附】馮友蘭詩

白鹿薪傳一代宗，流行直到海之東。
何期千載檀山月，也照匡廬洞裏風。

陳榮捷和詩

建陽檀島各西東，晦翁無心一葉通。
八十英才談太極，德性學問果然同。

一 馮友蘭（一八九五－一九九〇），字芝生，中國哲學家，被譽為「現代新儒家」。一九八二年余先生和馮友蘭國際朱熹學術會議賀詩。

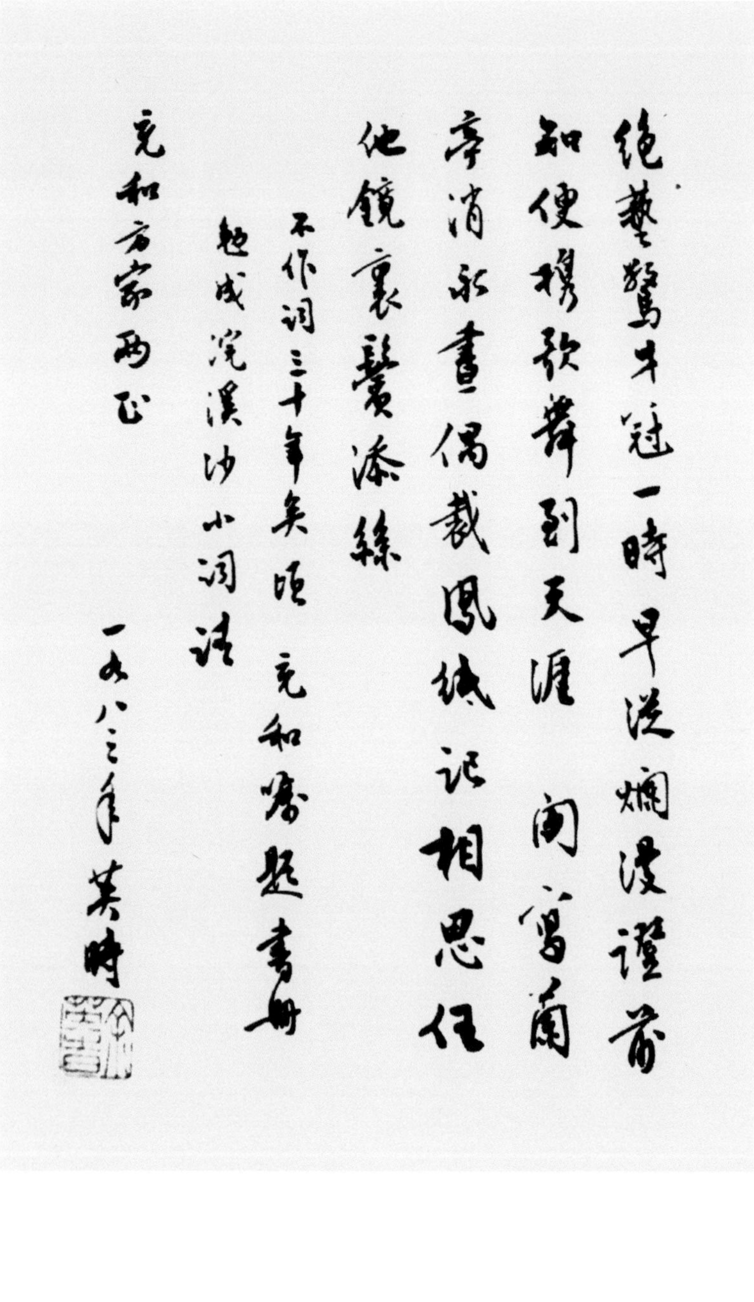
絕藝驚才冠一時早從爛漫證前
知便攜歌舞到天涯閒寫蘭
亭消永晝偶裁鳳紙記相思任
他鏡裏鬢添絲
不作詞三十年矣頃元和囑題青冊
勉成浣溪沙小詞請
元和方家兩正
一九八二年 英時

浣溪沙　贈充和

絕藝驚才冠一時，早從爛漫證前知，便攜歌舞到天涯。
閒寫蘭亭消永晝，偶裁鳳紙記相思，任他鏡裏鬢添絲。

不作詞三十多年矣，頃充和囑題書冊，勉成《浣溪沙》小詞，請充和方家兩正。一九八三年。

博大真人世共尊著書千卷轉乾坤公羊賓佐新朝命司馬曾招故
國魂陸異朱同歸後案墨兼儒緩是初源天留一老昌吾道十載重
来獻滿樽滄海橫流不記年麻姑三見水成田左言已亂西来意上
座爭參杜撰禪九點齊煙新浩劫二分禹域舊因緣闢楊距墨平生
志老手摩挲詩補天缺策尋幽事略同先生杖履遍西東豈貪丘壑
成奇賞為訪關河仰古風白鹿洞前流澤遠蒼龍嶺上歎途窮儒門
尔有延年術祇在山程水驛中海濱回首隔前塵猶記風吹水上鱗
避地難求三户楚占天曾説十年秦河間格義心如故伏壁藏經世
已新愧負當時傳法意唯餘短髮報長春

七律四首壽錢賓四師九十[一]

博大真人世共尊，著書千卷轉乾坤。
公羊實佐新朝命，司馬曾招故國魂。
陸異朱同歸後案，墨兼儒緩是初源。[二]
天留一老昌吾道，十載重來獻滿樽。（其一）

一　錢穆（一八九五－一九九〇），字賓四，江蘇無錫人，中央研究院院士，歷史學家，香港新亞書院及新亞中學創校人。嚴耕望將其與呂思勉、陳垣、陳寅恪並稱為「現代四大史學家」。一九八五年。

二　第三四五六句分別指錢穆的四部著作：《向歆父子年譜》、《國史大綱》，《朱子新學案》和《先秦諸子繫年》。

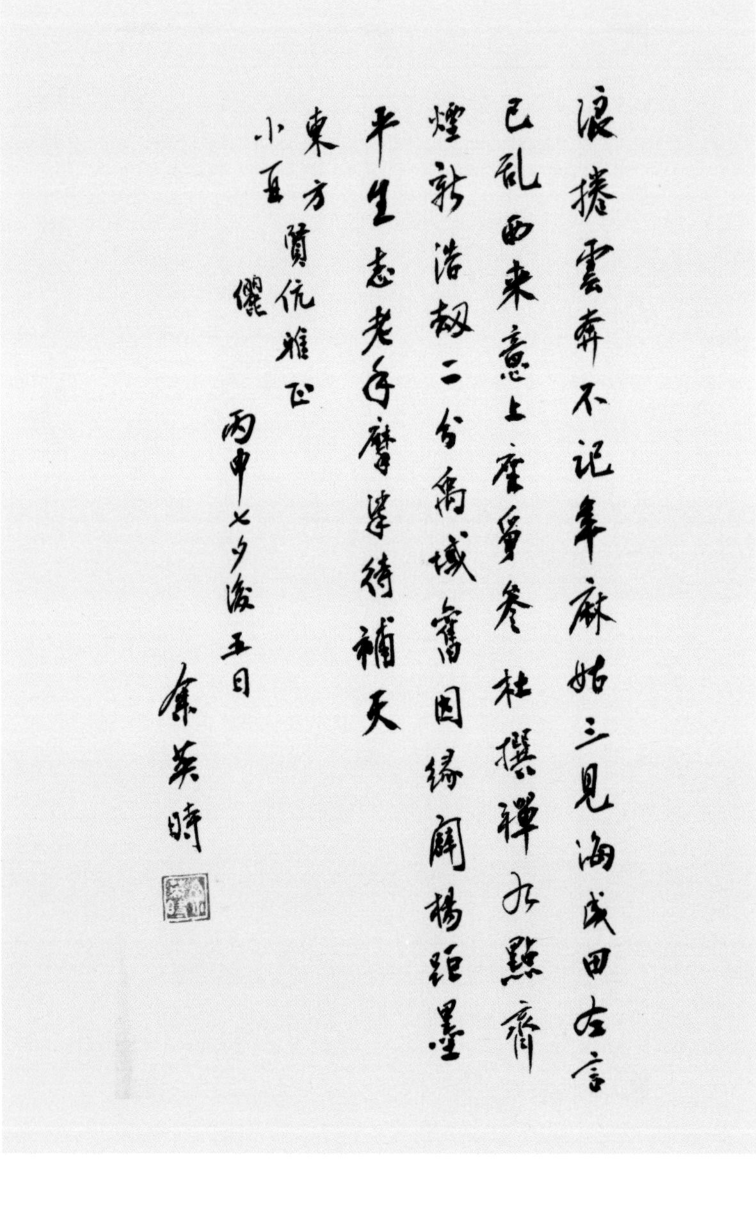
浪捲雲奔不記年麻姑三見海成田古言
已亂西來意上座曾參杜撰禪九點齊
煙新浩劫二分禹域舊因緣闢楊距墨
平生志老手摩挲待補天
東方
小亞賢伉儷雅正
丙申七夕後五日
余英時

浪捲雲奔不計年，麻姑三見海成田。
左言已亂西來意，上座爭參杜撰禪。
九點齊煙新浩劫，二分禹域舊因緣。
辟楊距墨平生志，老手摩挲待補天。（其二）

挾策尋幽事略同，先生杖履遍西東。
豈貪丘壑成奇賞。為訪關河仰古風。
白鹿洞前流澤遠，蒼龍嶺上嘆途窮。一
儒門亦有延年術，只在山程水驛中。（其三）

一　原注：蒼龍嶺乃華山絕險處，韓昌黎詩「華山窮絕徑」，殆即指其地。《國史補》遂有韓公不得下山之傳說。先生《師友雜憶》言及白鹿洞及華山韓公故事。

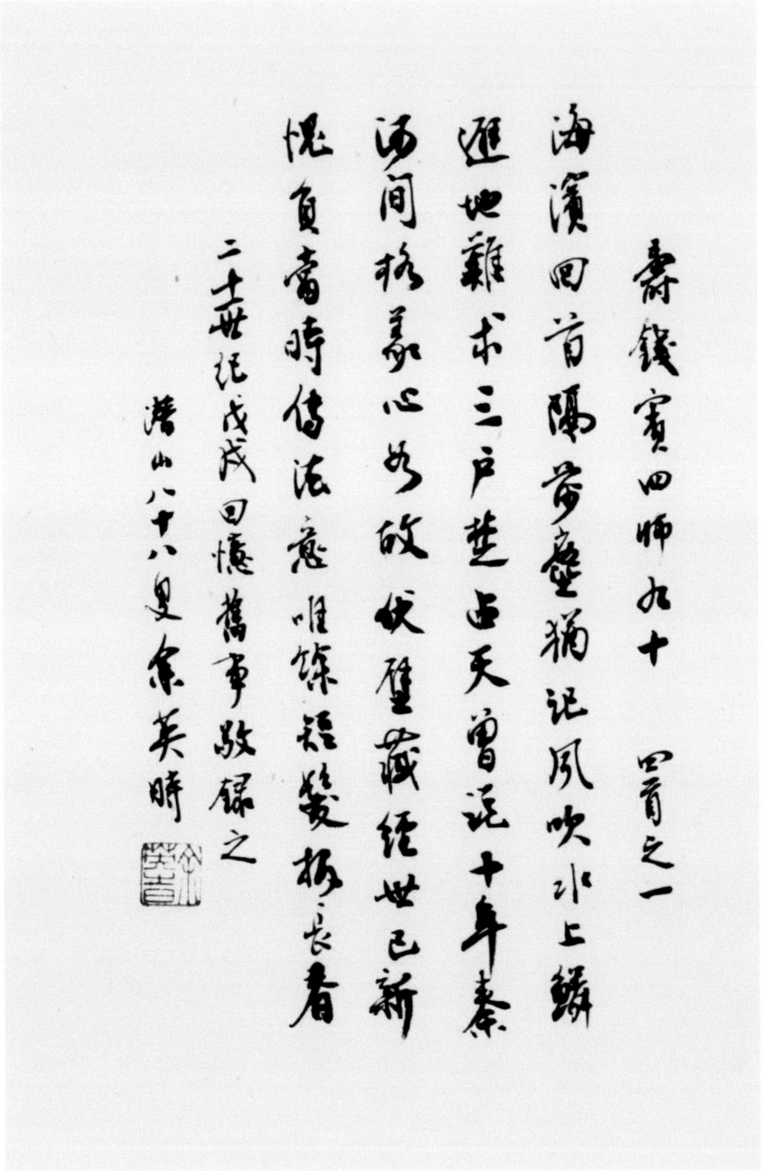
壽錢賓四師九十 四首之一
海濱回首隱蒼蘆 猶記風吹水上鱗
避地難求三戶楚 占天曾說十年秦
河間格義心如故 伏壁藏經世已新
愧負當時傳法意 唯餘短髮報長春
二十一世紀戊戌回憶舊事敬錄之
潛山八十八叟余英時

海濱回首隔前塵，猶記風吹水上鱗。
避地難求三戶楚，占天曾說十年秦。一
河間格義心如故，伏壁藏經世已新。二
愧負當時傳法意，唯餘短髮報長春。（其四）

一　原注：《法言》：「史以天占人，聖人以人占天」。
二　原注：河間竺法雅首創格義之學。

張充和退休[一]

充老如何說退休，無窮歲月是優游。
霜崖不見秋明遠，藝苑爭推第一流。[二]

一　余英時：一九八五年，「我當時寫了一首詩勸阻，詩雖打油，意則甚誠。我用『充老』取雙關意，是說她尚未真老，不必退休。」

二　按：「『霜崖』、『秋明』則分指崑曲宗師吳梅和書法大家沈尹默。」

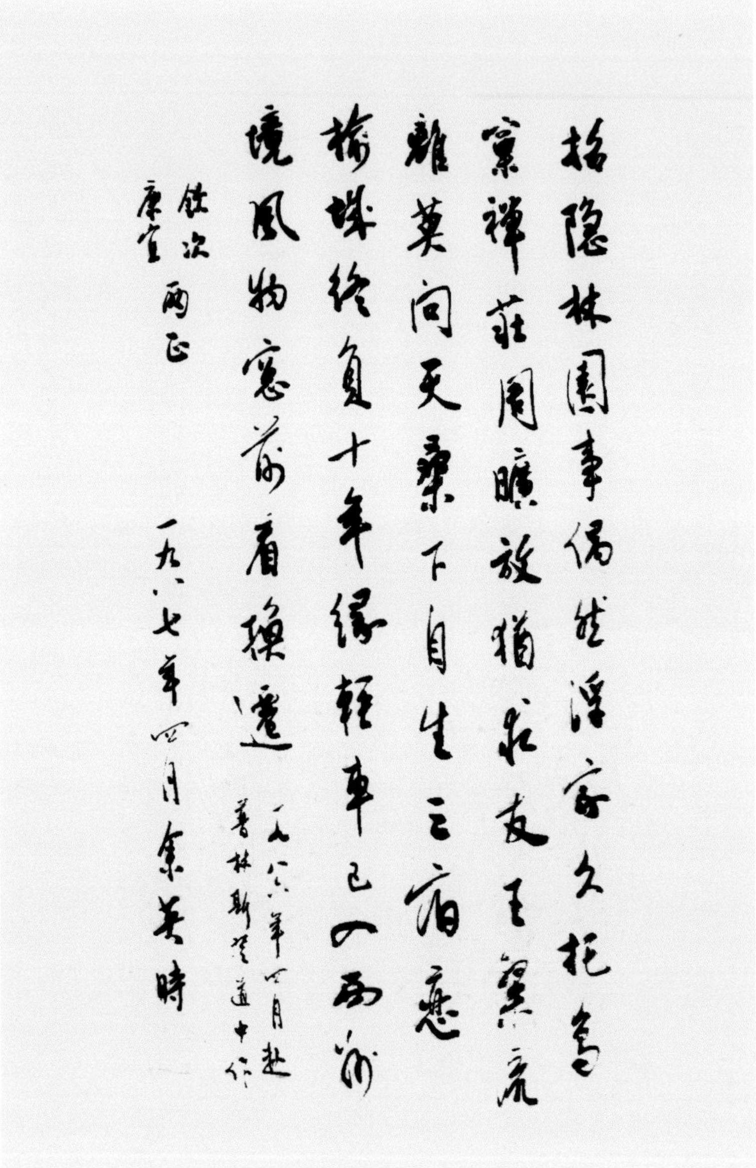
招隱林園事偶然浮家久托鳥
宗禪莊周曠放猶求友王粲流
雖莫向天桑下自生三宿戀
榆塲終負十年緣輕車已向兩洲
境風物窗前看換遷
一九八八年四月赴普林斯頓道中作
敬次
康宜
雅正
一九八七年四月余英時

一九八六年四月赴普林斯登道中作[一]

招隱林園事偶然，浮家久托鳥巢禪。[二]
莊周曠放猶求友，王粲流離莫問天。
桑下自生三宿戀，榆城終負十年緣。
輕車已入西州境，風物窗前看換遷。

一　按：此詩曾手書贈張欽次、孫康宜夫婦、陳玨、朱鴻林等教授。
二　按：鎮江招隱寺，從南朝到北宋多名人隱居。鳥巢禪師，《西遊記》原創人物。

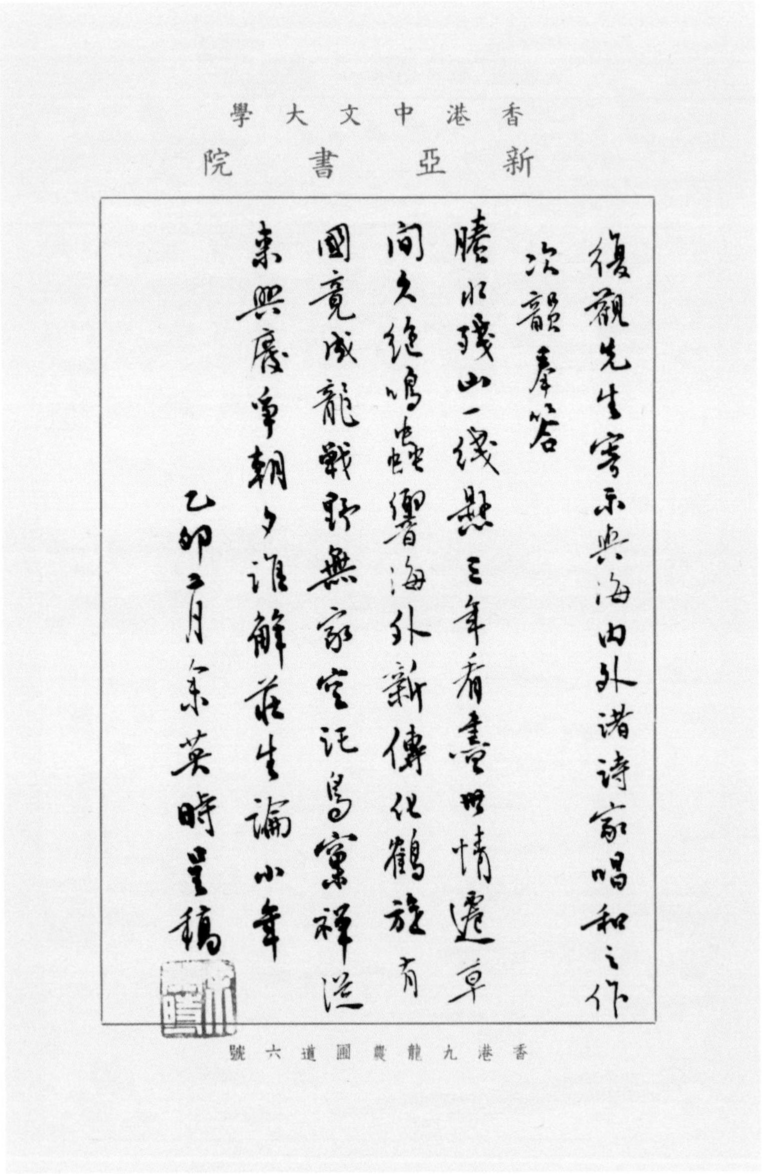
香港中文大學
新亞書院

復觀先生寄示與海內外諸詩家唱和之作
次韻奉答
瞻北殘山一綫懸三年看盡世情遷草
間久絕鳴蟬響海外新傳化鶴旋有
國竟成龍戰野無家空託鳥窠禪從
來興廢爭朝夕誰解莊生論小年
乙卯二月余英時呈稿

香港九龍農圃道六號

失題二首 丁卯二月 一

賸水殘山一線懸，三年看盡世情遷。
草間早絕鳴蟲響，海外新傳化鶴旋。二
有國竟成龍戰野，無家空託鳥巢禪。三
從來興廢爭朝夕，誰解莊生論小年。四
（其一）

一　一九八七年丁卯二月，原刊《明報月刊》，署「觀于海者吟草」。右圖「復觀先生寄示與海內外諸詩家唱和之作，次韻奉答」：「乙卯」應為「丁卯」。

二　按：王維詩「雨中山果落，燈下草蟲鳴」；丁令威成仙後化鶴歸來。「早絕」亦作「久絕」。

三　按：唐代有位僧人，見秦望山有長松盤曲如蓋，遂居其上，自號鳥窠道林禪師。白居易曾問道禪師，關切他巢居樹上不太安全。禪師則樂道其樹上巢居的得其所哉，反而警告白居易，說他官場浮沉的處境才真正危險。

四　按：毛澤東一九六三年年《滿江紅》詞「一萬年太久，只爭朝夕」；莊子《逍遙遊》「小知不及大知，小年不及大年」。

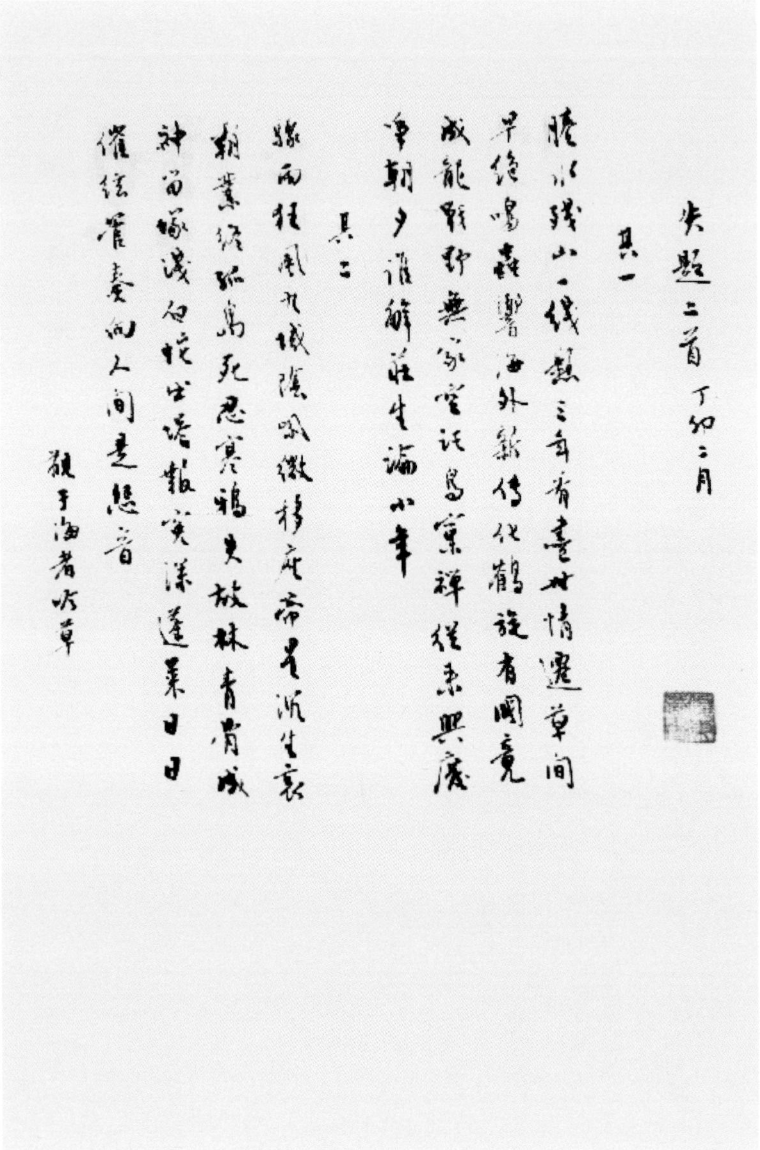

失題二首 丁卯二月

其一

賸此殘山一綫顏三年看盡世情遷草間
早絕鳴蟲響海外新傳化鶴旋有國竟
成龍戰野無家空託鳥棲禪從來興廢
爭朝夕誰解莊生論小年

其二

驟雨狂風九域陰叫徵移處帝星沉生哀
賴葉終孤鳥死忍寒鴉失故林青骨成
神留蠟淺白楊出語報冤深蓬萊日日
催絃管奏向人間是德音

觀于海者次草

驟雨狂風九域陰，紫薇移座帝星沉。一
生哀霸業終孤島，死忍寒鴉失故林。
青骨成神留塚淺，白蛇出塔報冤深。二
蓬萊日日催絃管，奏向人間是怨音。（其二）

觀于海者吟草

一 按：紫微，孔子「群星拱之」的北辰，被視為帝星。

二 按：「青骨成神」，歷史上一位蔣姓縣尉，名叫蔣子文，據《搜神記》，蔣子文「嗜酒好色，挑達無度，常自謂己骨清，死當為神。」他任秣陵縣尉時追逐盜賊，戰死在鍾山下，後被民間尊為蔣王神，立廟鍾山，鍾山遂一度改名蔣山。據傳蔣介石曾計劃死後葬在鍾山中山陵附近。雷峰塔，民間俗傳湖中有青魚、白蛇為妖，故築塔相鎮。

繞膝今稱九十觴長筵四代喜同堂人居東
海龍頭鄉詩禮南陵有棣棠初見便知有
在眼重逢無感慨生陽已與婿女殷勤約
待說期頤醉一觴

岳丈雪翁春秋九十[一]

繞膝今稱九十觴，長筵四代喜同堂。
人居東海觀潮汐，詩補南陔有棣棠。[二]
初見便知青在眼，重逢每感暖生腸。
已與嬌女殷勤約，待祝期頤醉一場。

中華民國七十九年舊曆十月二十六日，岳丈雪翁春秋九十覽揆之辰，而適以資政致仕。余阻於事，不克與嘉會，謹獻長句以代祝嘏之辭云爾。

婿余英時敬書

一　一九九〇年。

二　編者按：本句上有「南陔」一語，即《詩經．南陔》，此處取義應是《詩經．棠棣》，「棠棣」改作「棣棠」，為協平仄，亦詩家之慣技也。「棣棠」疑為「棣棠」。

悼錢穆先生[一]

一生為故國招魂，當時搗麝成塵，未學齋中香不散。
萬里曾家山入夢，此日騎鯨渡海，素書樓外月初寒。[二]

一　按：此為輓錢穆先生聯。余英時：「我已寫了一篇〈猶記風吹水上鱗〉，記述我和他在香港時期的師生情誼，那完全是個人觀點的雜憶。現在再寫這一篇〈一生為故國招魂〉，是想扼要說明錢先生的學術精神。」一九九〇年。

二　「是我剛剛寫成的一副輓聯，我想用它來象徵錢先生的最終極而且也是最後的關懷。『未學齋』是錢先生的齋名之一，見《中國近三百年學術史》的『自序』；『素書樓』則指無錫七房橋的舊址，不是台北外雙溪的那所樓宇，因為後者不過是前桿的投影，而且今天已不復存在了。」

追念錢穆先生[一]

華胥一夢百年身，歸骨難招故國魂。[二]
學史應時知進退，知人論世應浮沉。
他山樂土無非客，是處僑居不忍心。
遙望五湖楓葉落，康橋依舊漾波痕。

一　一九九五年。
二　按：陳寅恪有「故國華胥今夢破，洞房金雀尚人間」句。

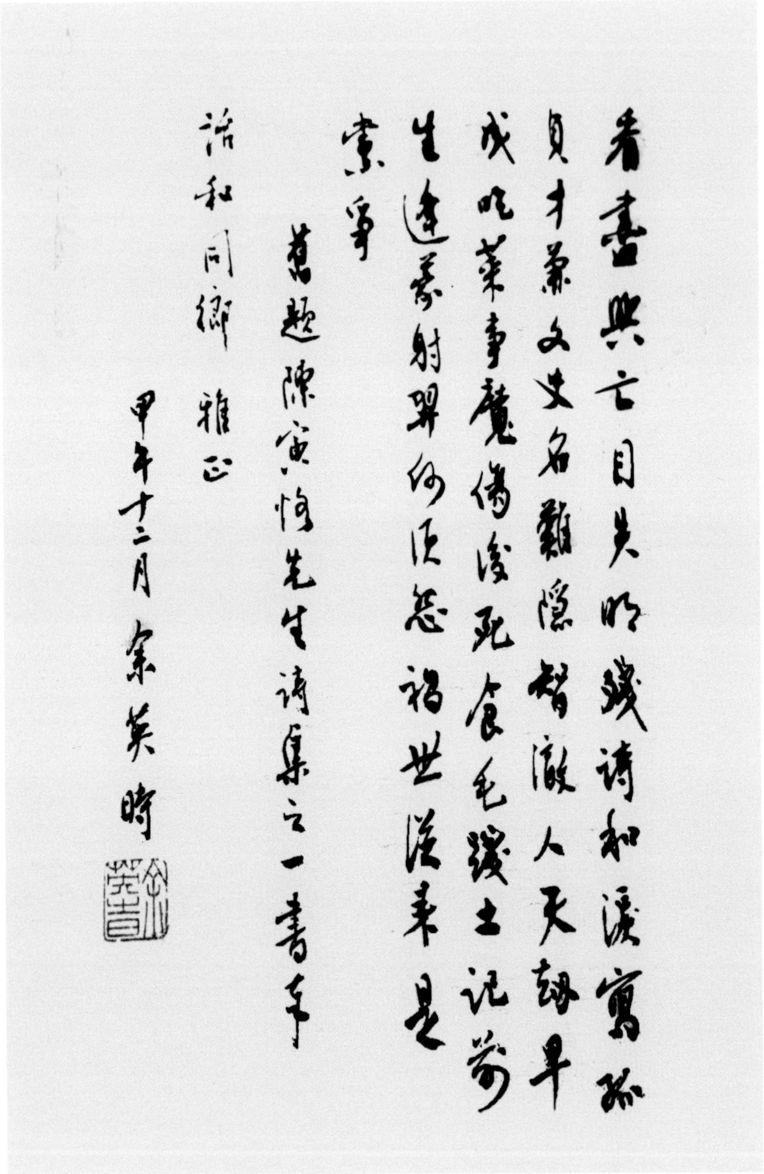
看盡興亡目失明殘詩和淚寫孤
貞才兼文史名難隱智澈人天劫早
成晚菜事饑傳淺死食毛踐土記前
生逢蒙射羿何須怨禍世從來是
素爭
舊題陳寅恪先生詩集之一 青年
請和同鄉 雅正
甲午十二月 余英時

讀陳寅恪先生《寒柳堂集》感賦二律[一]

又譜玄恭萬古愁，隔簾寒柳報殘秋。
哀時早感浮江木[二]，失計終迷泛海舟。
嶺外新篇花滿紙[三]，江東舊義雪盈頭[四]。
誰教更歷紅羊劫[五]，絕命猶聞嘆死囚[六]。（其一）

一　按：一九七七年。見余英時《陳寅恪晚年詩文釋證》。周棄子：「轉示余英時先生函暨大作《讀寒柳集》二律，誦嘆無量，學人之詩飽滿，不止如龔定盦所云『略工感慨也』。（按，龔詩：「略工感慨是名家。」）僕於余先生心儀已久，亦每望有緣識面，近頃閱報知其復已來臺，未審勾留幾日？因內子適於此時抱病住院，僕每日常在醫坊，預計一星期內尚無暇約足下謀介晤，便祈先代致意為幸為禱。」

二　韓昌黎《送李翺》：「譬如浮江木，縱橫豈自如。」

三　先生辛丑七月答吳雨僧詩：「著書唯賸頌紅妝。」並自註云：「近八年來草《論再生緣》及《錢柳因緣釋證》等文凡數十萬言。」

四　《世說新語》支愍度事先生詩文中屢用之，蓋自誓不樹新義以負如來也。此用先生《辛卯送朱少濱退休詩》原句。

五　舊傳丙午丁未為厄會，必有事變，謂之紅羊劫。一九六六年恰值丙午之歲也。

六　先生卒前不久被迫作「口頭交代」，有「我現在譬如在死囚牢」之語。

讀陳寅恪先生寒柳堂集感賦二律　余英時

文諳玄素萬古愁，陶篇寒柳報殘秋。哀時早感
浮江木，（韓昌黎「送李翺」：「譬如浮江木，縱橫豈自知。」）失計終迷泛海舟。嶺外
新篇花滿紙，（先生辛丑七月答吳雨僧詩：「著書唯賸頌紅妝。」並自注云：「近八年來草論再生緣及錢柳因緣釋證等文凡數十萬言。」）
江東舊義雪盈頭。（世說新語支愍度事先生詩文中屢用之，並自誓不樹新義以負如來也。此用先生辛卯送朱少濱退休詩原句。）
誰教更歷紅羊劫，（舊傳丙午丁未為厄曆，必有事變，謂之紅羊換劫。一九六六年恰值丙午之歲也。）絕命猶聞
嘆死囚。（先生卒前不久被迫作「口頭交代」，有「我現在譬如在死囚牢」之語。）

看盡興亡目失明，殘詩和淚寫孤貞。才兼文史名難隱，（先生己酉預挽夫人聯有「廢殘難豹隱」句。）智激人天劫早成。吃菜事魔傳後死，（「吃菜事魔」乃宋人斥摩尼教語。先生己亥「春盡病起」三首之三：「老去應逃後死羞。」）食毛踐土記前生。（「食毛踐土」乃清臣公文中常語，見「柳如是別傳」。按：先生早已戲言「生為帝國之民，死作共產之鬼」，竟成讖語矣。）途窮射羿何須怨，（先生壬辰有「呂步舒」詩，蓋有感而作。聞先生生前死後受門弟子之害最甚。）禍世從來是黨爭。

「明報月刊」特有讀書生活專輯，來徵文，愧無以應。因念陳寅恪先生正是所謂「讀書種子」，謹錄舊体詩兩首以代之。一九八四年四月十六日英時記。

看盡興亡目失明，殘詩和淚寫孤貞。
才兼文史名難隱一，智澈人天劫早成。
吃菜事魔傷後死二，食毛踐土記前生三。
逢蒙射羿何須怨四，禍世從來是黨爭。（其二）

【附】 邢慕寰先生一九九一年《重讀英時著〈陳寅恪晚年詩文釋證〉並聯想及多年前所著《方以智晚節考》，久久不釋於懷，遂成一律。》

望雲觀海思無窮，懸想燃脂冥寫功。
方氏苦行陳氏節，儒家風骨史家忠。
天涯弘道參今古，象外成書象變通。
文化半隨塵劫易，有誰至此是豪雄。

一　先生己酉予輓夫人聯有「廢殘難豹隱」句。

二　「吃菜事魔」乃宋人斥摩尼教語。先生有詩：「老去應逃後死羞。」

三　「食毛踐土」乃清廷公文中常語。先生曾戲言：「生為帝國之民，死作共產之鬼。」

四　先生壬辰《呂步舒》詩，蓋有感而作，聞先生生前死後受門弟子之害最甚。

邢慕寰先生一九九九年《再讀〈陳寅恪晚年詩文釋證〉》一：

誰挽狂瀾既倒時，晚節空教後死悲。
文化燒殘秦火劫，人心夢斷晉桃谿。
興亡煩惱滄桑換，地老天荒歲月移。
捧讀遺篇同一哭，胡僧到底勝宣尼。

英時兄與予相交二十年，離多會少，近二年竟重聚香江，輙過從長談。淑平嫂待予，亦如至友。今又遠別，書此留念。慕寰 乙卯

一 《余英時回憶錄》：「慕寰寫詩贈我，先後多次。但我最珍愛的是他一九七五年贈我的五古一百字，用秀雅書法寫出。當時我全家從香港返美，所以慕寰賦詩贈別，把我們一家人個個都寫進去了。我回美後先後遷居三次，但無論在何處，這首詩都掛在客廳的牆上。現在我把它抄在下面，以誌不忘：『世間何寂寞，知交君一人。披瀝見肝膽，契合若石金。久別縈夢寐，重晤感衷忱。康橋楓晚醉，裘山雪夜晴。旋有東林約，復聚南海濱。命隨蓬梗轉，分與芝蘭親。鴻案清芬溢，鳳丫秀色新。侵曉聽風雨，忘憂論古今。秣崗幽且嫻，秣川澹而溫。浩然欲歸去，長空涼月明。』」

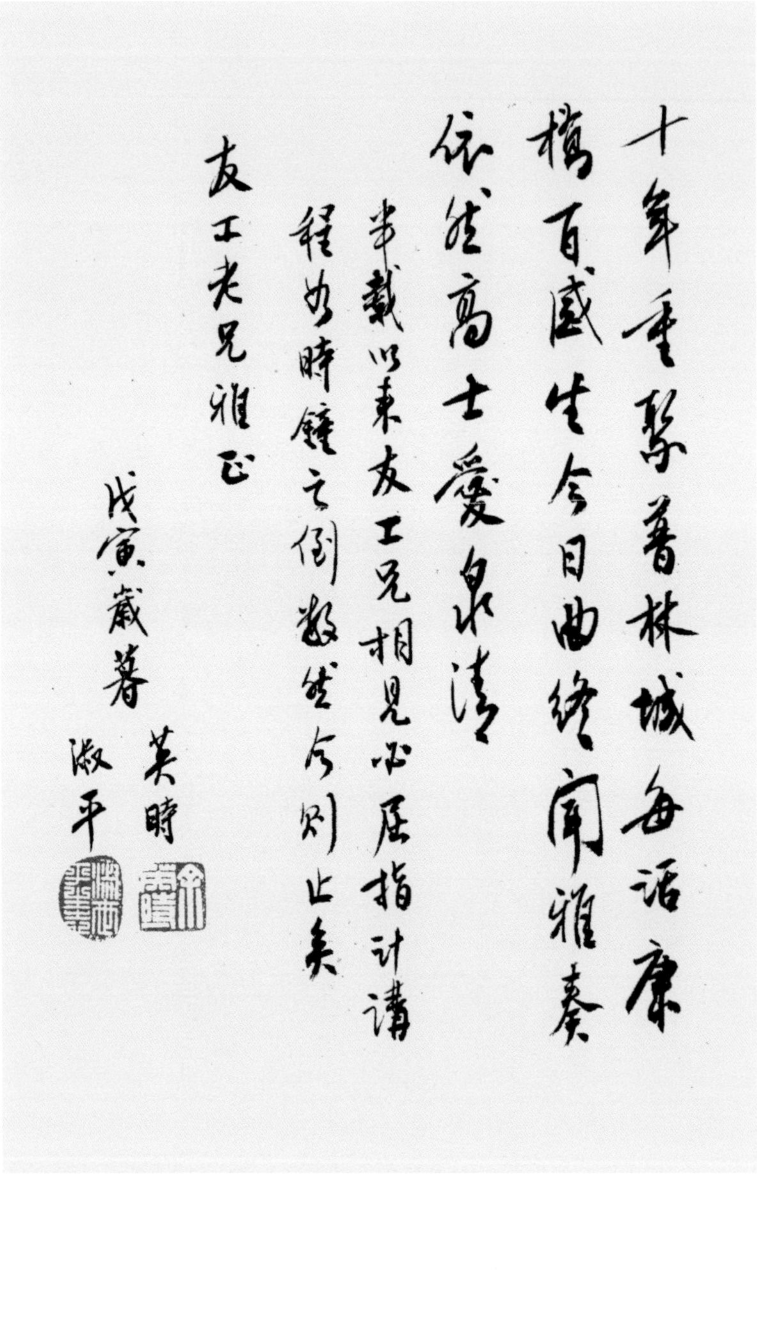

十年重聚普林城每話康
橋百歲生今日曲終聞雅奏
依然高士愛泉清
半載以來友工兄相見必屈指計講
程如時鐘之倒數然今則止矣
友工老兄雅正
戊寅歲暮
英時
淑平

贈高友工 一

十年重聚普林城，每話康橋百感生。
今日曲終聞雅奏，依然高士愛泉清。

半載以來，友工兄相見，必屆指計講程，如時鐘之倒數然，今則止矣。
友工老兄雅正　戊寅歲暮

一　高友工（一九二九–二〇一六），一九六二年博士畢業於哈佛大學，師從漢學家楊聯陞教授。同年任教於普林斯頓大學東亞研究學系直至退休。《余英時回憶錄》二一四頁：「一九九八年十二月十八日，在他（高友工）講最後一堂時，我寫了下面一首七絕相贈」。

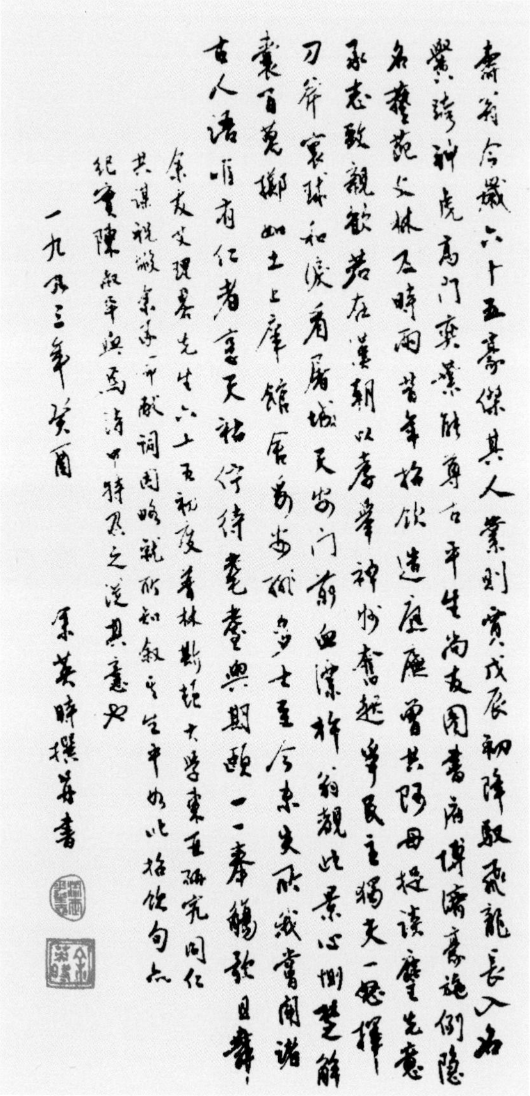
壽翁今歲六十五豪傑其人業則賓戊辰初降馭飛龍長入名
黌諸神虎高門奕葉能尊古平生尚友圖書府傳濟廣施創隱
名藝苑文林及時雨昔年格飲造庭應曾共陪毋提談麈先意
承志致親歡若在漢朝以孝舉神州奮起爭民主獨夫一怒揮
刀斧寰球和淚看屠城天安門前血漂杵翁觀此景心惻楚解
囊百萬擲如土上庠館舍為安樂多士至今來失所哉當聞諸
古人語唯有仁者宜天祐佇待耄耋與期頤一一奉觴歌且舞
余友文理基先生六十五初度香港樹仁大學重於研究同仁
共謀祝嘏余係一介敵詞閣略就所知敘其生平如此格飲句亦
紀實陳叔平與焉詩中特及之從其意也
一九九三年癸酉 余英時撰并書

艾理略先生六十五初度[一]

壽翁今歲六十五，豪傑其人業則賈。
戊辰初降馭飛龍，長入名黌跨神虎。
高門奕葉能尊古，平生尚友圖書府。
博濟豪施例隱名，藝苑文林及時雨。
昔年招飲造庭廡，曾共阿母捉談麈。
先意承志致親歡，若在漢朝以孝舉。
神州奮起爭民主，獨夫一怒揮刀斧。
寰球和淚看屠城，天安門前血漂杵。
翁覩此景心惻楚，解囊百萬擲如土。
上庠館舍妥安排，多士至今未失所。

一　約翰．艾略特（John B. Elliott），普林斯頓大學一九五一級校友，普林斯頓中國學社歷任董事長。

我嘗聞諸古人語，唯有仁者享天祐。
佇待耄耋與期頤，一一奉觴歌且舞。

余友艾理略先生六十五初度，普林斯頓大學東亞研究同仁共謀祝嘏。余承命獻詞，因略就所知，敘其生平如此。「招飲」句亦紀實，陳淑平與焉，詩中特及之，從其意也。「壽翁今歲六十五，豪傑其人業則貫。戊辰初降馭飛龍」，先生生一九二八龍年，「長入名黌跨神虎」，普大校徽為「虎」。一九九三年。

之棠三兄六十初度[一]

四世同堂古亦稀，況當澆薄説今時。
喜君忠孝能傳業，福壽無涯定可期。（其一）

[一] 陳棠（一九三五-），字之棠。江蘇宜興市人，生於北京。一九九九年。

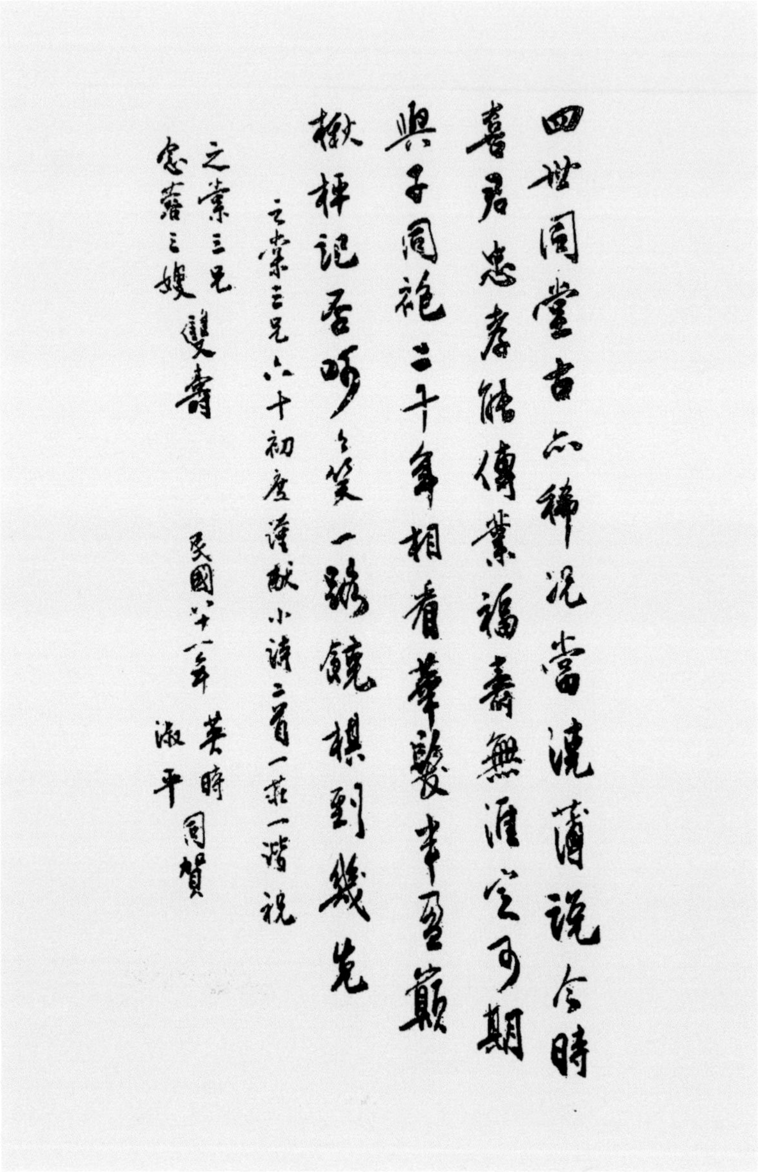
四世同堂古亦稀況當濟濟說今時
喜君忠孝能傳業福壽無涯定可期
與子同袍三十年相看華髮半盈顛
楸枰記否呵呵笑一路饒棋到幾先
之棠三兄六十初度謹獻小詩二首一莊一諧祝
之棠三兄
忠蓉三嫂 雙壽
民國六十一年 英時
淑平 同賀

與子同袍二十年，相看華髮半盈巔。
楸枰記否呵呵笑，一路饒棋到幾先。（其二）

之棠三兄六十初度，謹獻小詩二首，一莊一諧，祝
之棠三兄、念蓉三嫂雙壽。

民國八十八年

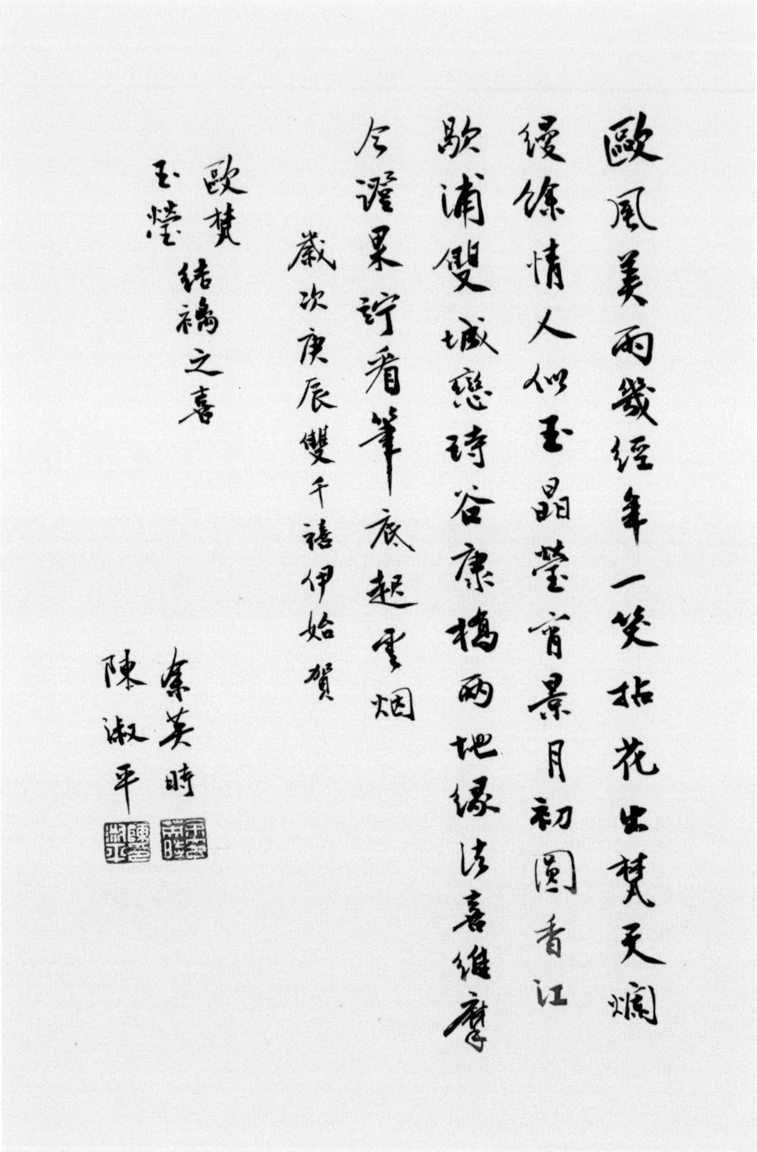
歐風美雨幾經年一笑拈花出梵天爛
縵條情人似玉晶瑩宵景月初圓香江
歇浦雙城戀詩谷康橋兩地緣清喜維摩
今證果許看筆底起雲煙
歲次庚辰雙千禧伊始賀
歐梵
玉瑩　結褵之喜
余英時
陳淑平

賀歐梵玉瑩結褵之喜一

歐風美雨久經年，一笑拈花出梵天。
爛縵餘情人似玉，晶瑩宵景月初圓。
香江歇浦雙城戀，詩谷康橋兩地緣。二
法喜維摩今證果，佇看筆底起雲烟。三

歲次庚辰雙千禧伊始賀
歐梵、玉瑩結褵之喜

一　李歐梵，哈佛大學博士，哈佛大學中國文學教授退休後，任香港中文大學人文學科教授。

二　原註：芝加哥聞一多又譯作「詩家谷」。

三　歐梵有《浪漫之餘》自傳，「爛縵」即浪漫原文，語出《尚書》《卿雲歌》。又曾寫《雙城記》，指上海、香港，魯迅、許廣平有《兩地書》，歐梵亦有專書（英文）論魯迅。維摩之「摩」則兼指徐志摩，歐梵第一部英文著作即以志摩為題也。

輓沈燕姨母四首

其一

海上飛翔日，悠悠六五年。績溪題句在，
重讀一淒然。

其二

聞道少年侶，英倫難別離。驚鴻當日影，
垂老尚依依。

其三

灑落超流輩，清才並世推。誰知天地閉，
隱沒不須悲。

其四

亂世能全志，斯人智最高。無慚名父女，
來去總逍遙。

二〇〇一年十一月二十二日

余英時
陳淑平 敬輓

輓沈燕姨母四首一

海上飛翔日，悠悠六五年。
績溪題句在，重讀一淒然。（其一）

聞道少年侶，英倫難別離。
驚鴻當日影，垂老尚依依。（其二）

灑落超流輩，清才並世推。
誰知天地閉，隱沒不須悲。（其三）

一　余按：「淑平姨母沈燕是沈崑三先生之獨女，早年留學英國，又曾伴父隨胡適到美國開太平洋學會，船上胡適有贈沈燕詩，頗傳誦於親友間。第一首即指胡適贈詩，見《胡適日記》一九三六年在太平洋上與沈氏父女交往事。第二首指蔣碩傑在倫敦追求沈燕事。蔣先生在康乃爾家中曾示我們他所攜沈燕當日照片。蔣追求之詳情則聞之吳元黎先生。」二〇〇一年十一月二十二日　余英時、陳淑平敬輓。

亂世能全志，斯人智最高。
無慚名父女，來去總逍遙。（其四）

【附】《胡適日記》一九三六年七月廿一日

第二個七月廿一(Meridian)

霧鬢雲裾絕代姿，也能妖艷也能奇。
忽然全被雲遮了，待得雲開是幾時。

記七月十六日望富士山的景狀。

【附】《胡適日記》一九三六年七月廿二日

沈燕女士要我題她的紀念冊，寫一小詞送她遠遊：

大海上飛翔，
不是平常雛燕。
看你飛飛飛去，繞星球一轉。
何時重看燕歸來，養得好翅膀，看遍新鮮世界，更高飛遠上！

賀愛爾曼、蔡素娥卜居普林斯頓一

愛爾曼衍魚龍筆，寫盡明清場屋言。
來共素娥譜妙曲，更傳新響啓王孫。

一　愛爾曼（Benjamin A.Elman），普林斯頓大學東亞研究及歷史學教授；蔡素娥，美國哥倫比亞大學東亞圖書館技術服務部主任。二〇〇二年。

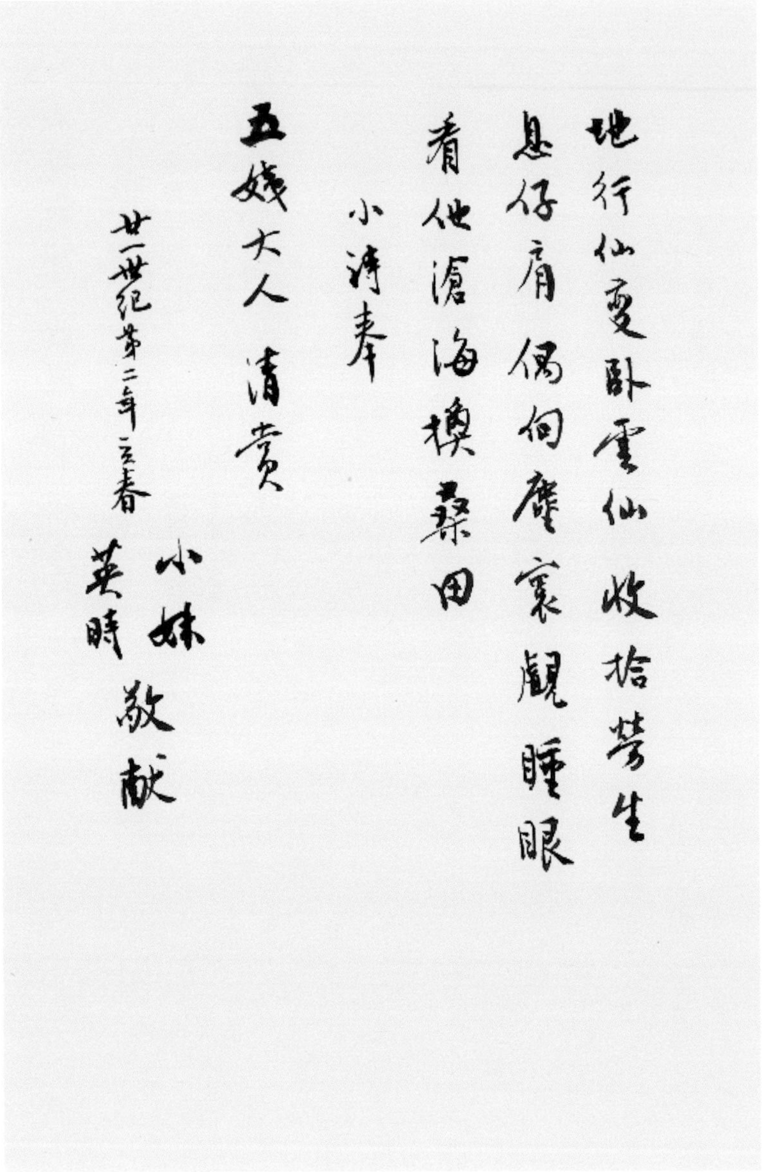

地行仙變臥雲仙 收拾勞生
息仔肩 偶向塵寰覷睡眼
看他滄海換桑田
小詩奉
五姨大人 清賞
廿一世紀第二年立春
小妹
英時 敬獻

小詩奉五姨清賞[一]

地行仙變卧雲仙，收拾勞生息仔肩。
偶向塵寰覷睡眼，看他滄海換桑田。

小詩奉五姨大人清賞
廿一世紀第二年立春
小妹、英時敬獻

一　二〇〇二年。

之棠三兄七十初度賦詩四首為壽[一]

敦厚聰明聚一身，昔年初見便相親。
如今福慧都修到，且作從心所欲人。（其一）

陽羨溪頭米勝珠，家和人壽足歡娛。
何妨競逐楸枰上，共譜商山九子圖。（其二）

[一] 原註：之棠三兄七十初度賦詩四首為壽，字句經小妹點定。二十一世紀第三年，英時撰並書。

四代同居笑語喧，曾看溫清侍椿萱。
君家累世傳慈孝，壽宴開時又抱孫。（其三）

何嘗軒冕滅真淳，忠順勤勞是本根。
畢竟堂堂名父子，唯恃德業振高門。（其四）

申舅九十大慶二首

光風霽月自由人，入此年來九十春。
放眼長看新世界，莫教二豎擾心情。（其一）

晚年萬慮已全消，舐犢猶憐孫女嬌。
隔歲便逢慶典日，重來紐約話前朝。（其二）

淑平、英時同賀申舅九十大慶

序於梨華《在離去與道別之間》[一]

一從天際起雷霆，秋葉紛飛散八溟。
譜出青河回夢曲，莫輕唱與世人聽。[二]（其一）

螺螄殼作利名場，蠻觸相爭亦可傷。
淘盡浪花多少事，無言唯有赫貞江。[三]（其二）

一　於梨華（一九二九—二〇二〇），旅美小說家。作品有《又見棕櫚、又見棕櫚》等。二〇〇三年。

二　按：於梨華處女作《夢回青河》。

三　按：胡適：「四百里的赫貞江，從容的流下紐約灣，恰像我的少年歲月，一去了永不回還。」即Hudson River，紐約州的大河，又譯赫遜河。

美人名士競風流，出入圍城那肯休。一
省識多情真面目，猿啼鶴怨總溫柔。（其三）

紛紛朝聖憶當年，胡漢交融別有天。
曾寫江南腸斷句，任人記取作奇傳。（其四）

一　按：錢鍾書《圍城》：「婚姻是一座圍城，城外的人想進去，城裏的人想出來。」

哭五姨

五律三首　一

一夕傳驚訊，仙遊返九天。
地行逾八秩，雲臥復多年。
來去無牽繫，逍遙卸仔肩。
親朋思不盡，圓滿了塵緣。（其一）

灑落真天性，藏暉不語中。
人心識深險，世道守寬沖。
娛老餘三打，遊神仗六通。
平生憶侍坐，駘蕩接春風。（其二）

一　二〇〇三年。

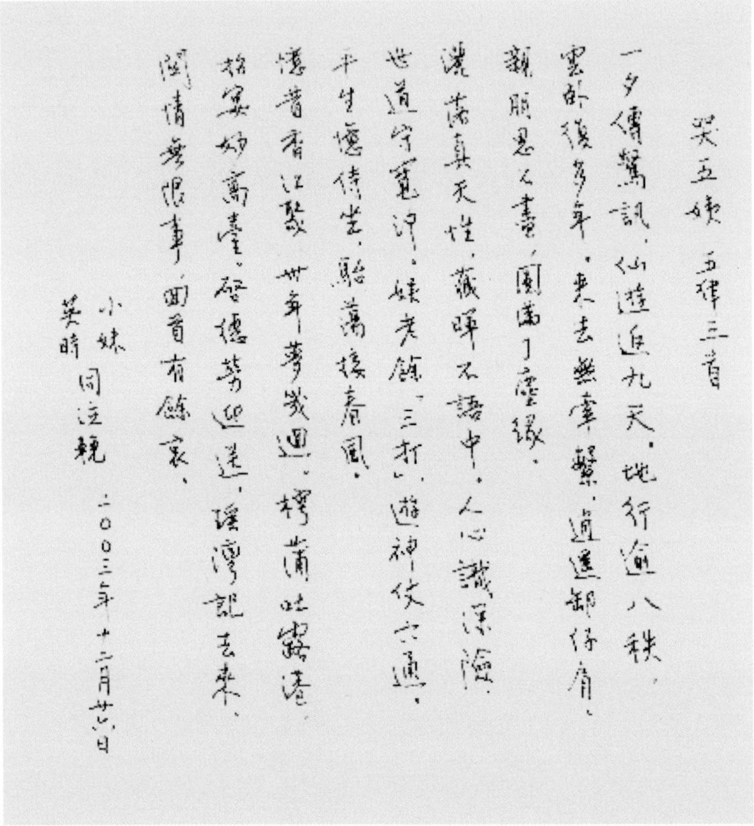
哭五姨 五律三首

一夕傳驚訊，仙遊返九天。地行逾八秩，
雲水後多年。來去無牽繫，逍遙卸仔肩。
韶顏思入畫，圓滿了塵緣。
瀟灑真天性，藏暉不語中。人心識深淺，
世道守寬沖。姨老修「三折」，遊神仗六通。
平生懷傳業，駘蕩接春風。
憶昔香江聚，卅年幾度逢。樗蒲吐露港，
招宴妙高臺。啓德勞迎送，瑤灣說去來。
閑情無限事，回首有餘哀。

小妹
英時 同泣輓
二〇〇三年十二月廿六日

憶昔香江聚，卅年夢幾迴。
㯖蒲吐露港，招宴妙高臺。
啟德勞迎送，瑤灣記去來。
關情無限事，回首有餘哀。（其三）

小妹、英時同泣輓　二〇〇三年十二月廿六日

越澤初訪淵翁居點綴高軒壁上書

忽觀曖依越書旬令人長憶淵明廬

日本平成甲申之秋陶德民先生主持澁澤圖開陳儒等研
究會邀余東談越居約上晉妾為點綴心感七跋會後同訪
澁澤青浦舊故居見想閉小屋園有親越暗依依兩宇歌曖多
遠人荊棘椎里燈之意澁澤為歎賞訪古陶淵明歸園田居
六首文一則周德民兄摘采而後憶及之師丹先而善感此誠了
笑如陽采成小詩一首以記一時澁澤之樂云余書耳

德民吾兄雅正

余英時

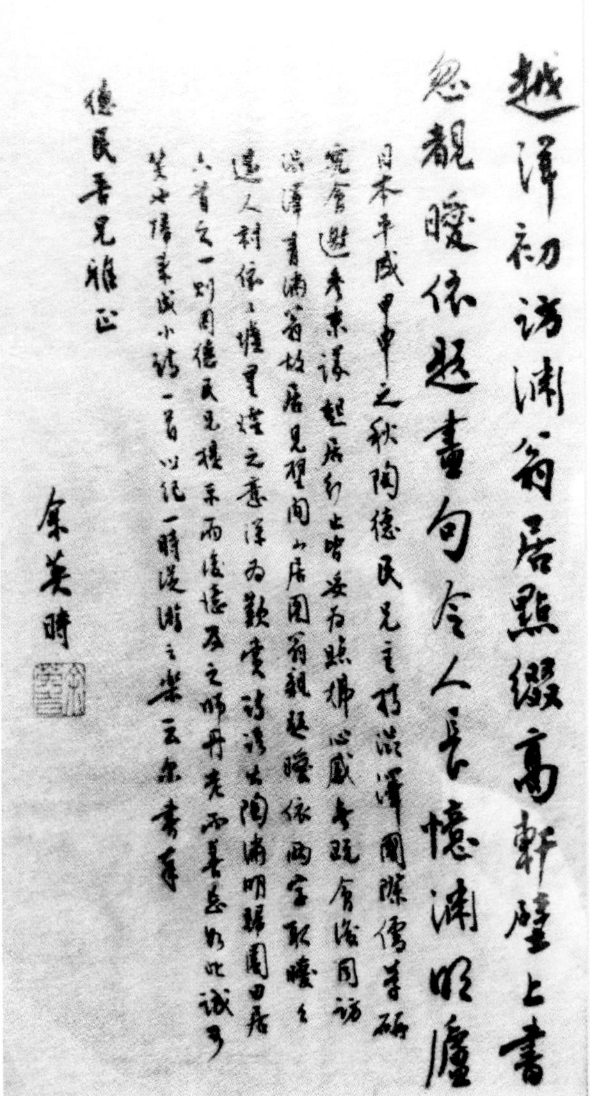

渋澤國際儒學歸來成小詩一首

越洋初訪淵翁居，點綴高軒壁上書。
忽覩曖依題畫句，令人長憶淵明廬。

日本平成甲申之秋，陶德民兄主持渋澤國際儒學研究會，邀參末議。起居行止皆妥為照拂，心感無既。會後同訪渋澤青淵翁故居，見壁間山居圖，翁親題「曖依」兩字，取「曖曖遠人村，依依墟里煙」之意，深為歎賞。詩語出陶淵明《歸園田居》六首之一，則因德民兄提示而後憶及之。師丹老而善忘如此，誠可笑也。歸來成小詩一首，以紀一時從游之樂云爾。書奉

德民吾兄雅正

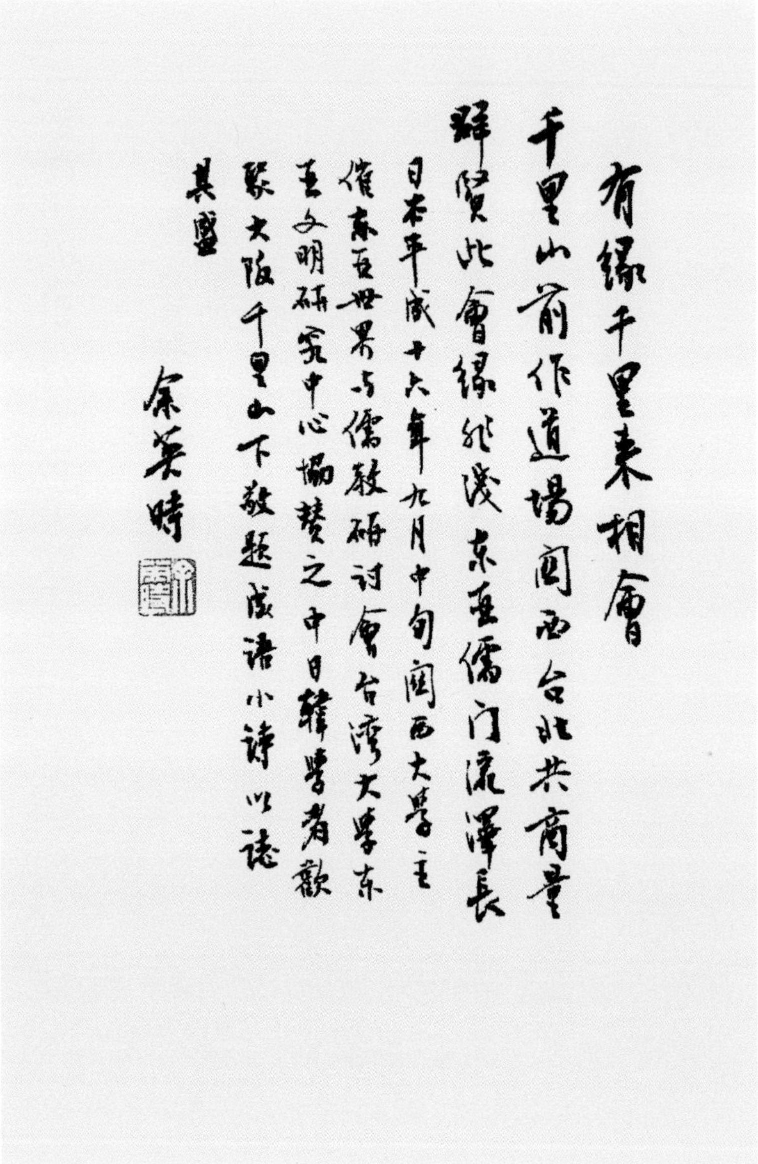
有緣千里來相會
千里山前作道場 関西台北共商量
群賢此會緣非淺 東亞儒门流澤長
日本平成十六年九月中旬関西大學主催东亞世界与儒教研讨會台湾大學东亞文明研究中心協贊之中日韓學者歡聚大阪千里山下敬題成语小詩以誌其盛
余英時

有緣千里來相會

千里山前作道場，關西台北共商量。
群賢此會緣非淺，東亞儒門流澤長。

日本平成十六年九月，関西大学主催東亞世界與儒教研討會，台灣大學東亞文明研究中心協贊之中日韓學者歡聚大阪千里山下，敬題成語小詩以誌其盛。

輓牟復禮詩二首[一]

近世論文史，公居最上游。
都城記白下，詩賦解青丘。
蕭譯傳瀛海，趙門取狀頭。
暮年成巨秩，一卷足千秋。（其一）

漢學開新頁，普城創業時。
攬才真有術，禮士更無私。
授道恃身教，關情托酒卮。
從公深自喜，微恨十年遲。（其二）

一　牟復禮（Frederick W. Mote 1923–2005），漢學家。牟復禮中的「復禮」二字得自《論語》孔子言「克己復禮」，亦與本名Frederick諧音。二〇〇五年。

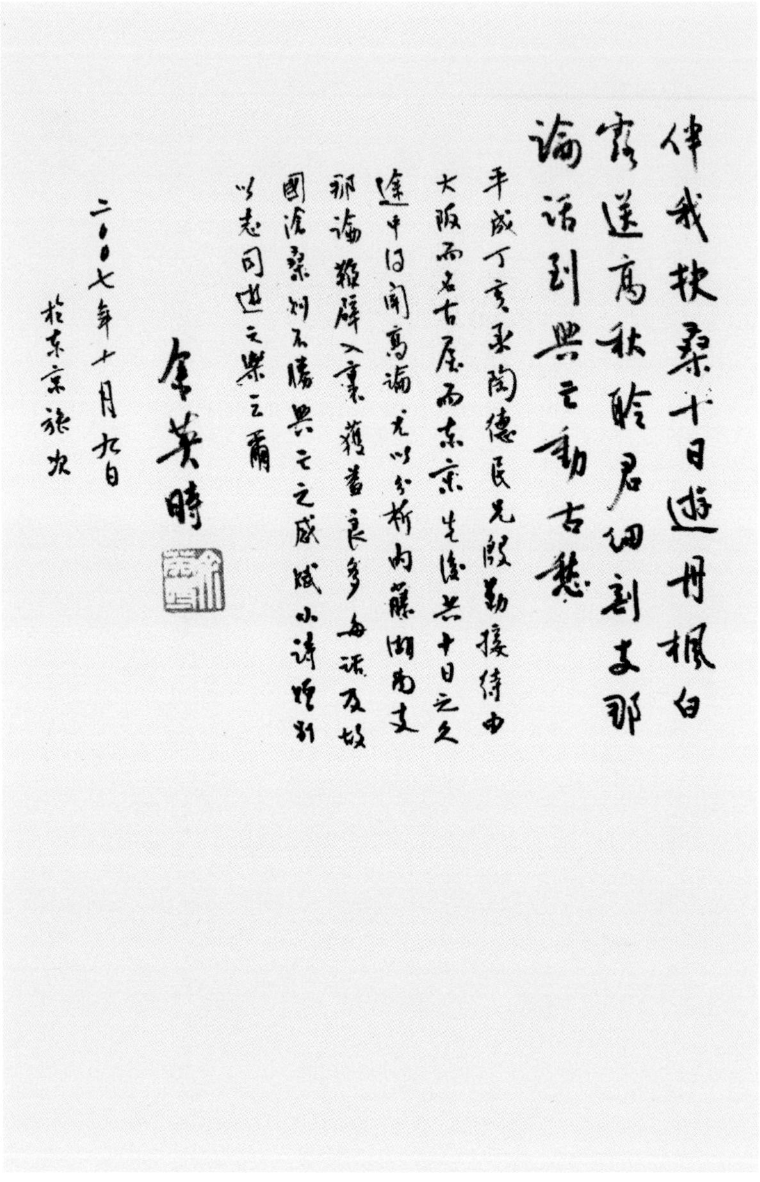

伴我扶桑十日遊丹楓白
露送高秋吟君細剖支那
論話到興亡動古愁

平成丁亥承陶德民先生殷勤接待由
大阪而名古屋而東京先後共十日之久
途中得聞高論尤以分析內藤湖南支
那論鞭辟入裏獲益良多每話及故
國滄桑則不勝興亡之感賦小詩贈別
以志同遊之樂云爾

余英時

二〇〇七年十月九日
於東京旅次

賦小詩贈別陶德民兄一

伴我扶桑十日遊，丹楓白露送高秋。
聆聽細剖支那論，話到興亡動古愁。

平成丁亥，承陶德民兄殷勤接待，由大阪而名古屋而東京，先後共十日之久。途中得聞高論，尤以分析內藤湖南支那論，鞭辟入裏，獲益良多。每話及故國滄桑，則不勝興亡之感。賦小詩贈別，以誌同遊之樂云爾。

二〇〇七年十月九日
於東京旅次

一 陶德民，畢業於日本大阪大學文學研究科，曾於哈佛大學賴世和日本研究所擔任博士後研究人員，目前任職於日本關西大學文學部總合人文學科。

復旦文史研究院成立紀念[一]

卿雲爛兮糺縵縵，日月光華旦復旦。[二]
文史英才聚一堂，國魂未遠重召喚。

一　二〇〇七年。上海復旦大學文史研究院。
二　《卿雲歌》：卿雲爛兮，糺縵縵兮。日月光華，旦復旦兮。日月光華，旦復旦兮。時哉夫，天下非一人之天下也。

「反右」五十年感賦四絕句[一]

右袒香肩夢未成[二]，負心此夕淚縱橫。
世間多少痴兒女，枉托深情誤一生。（其一）

未名湖水泛輕漚，池淺龜多一網收。
獨坐釣臺君不見，休將劫數怨陽謀。（其二）

一　二〇〇七年。

二　原註：陳寅恪詠反右句。陳詩〈丁酉七夕〉：「萬里重關莫問程，今生無分待他生。低垂粉頸言難盡，右袒香肩夢未成。原與漢皇聊戲約，那堪唐殿便要盟。天長地久綿綿恨，贏得臨邛說玉京。」

橫掃斯文百萬家，更無私議起喧嘩。
九儒十丐成新讖，何處青門許種瓜。（其三）

辱沒冤沉五十年，分明非夢亦非煙。
人亡家破無窮恨，莫叩重閽更乞憐。（其四）

「右袒香肩夢未成」，陳寅恪詠「反右」句，「分明非夢亦非煙」，鄧拓告別《人民日報》句，適可備用。

二〇〇七年五月二十三日定稿

「反右」五十年感賦四絕句　余英時

右袒香肩夢未成，負心此夕淚縱橫。世間多少癡兒女，枉托深情誤一生。

未名湖水泛輕漚，池淺龜多一網收。獨坐釣臺君不見，休將劫數怨陽謀。

横掃斯文百萬家，更無私議起喧譁。九儒十丐成新讖，何處青門許種瓜。

辱沒寬沉五十年，分明非夢亦非煙。人亡家
破無窮恨，莫叩重閽更乞憐。
「右袒香肩夢未成」，陳寅恪詠「左右」句，「分明
非夢亦非煙」，鄧拓告別《人民日報》之句，適
可借用。

二〇〇七年五月二十三日定稿

詒和女士 正

余英時

〇七、六、五

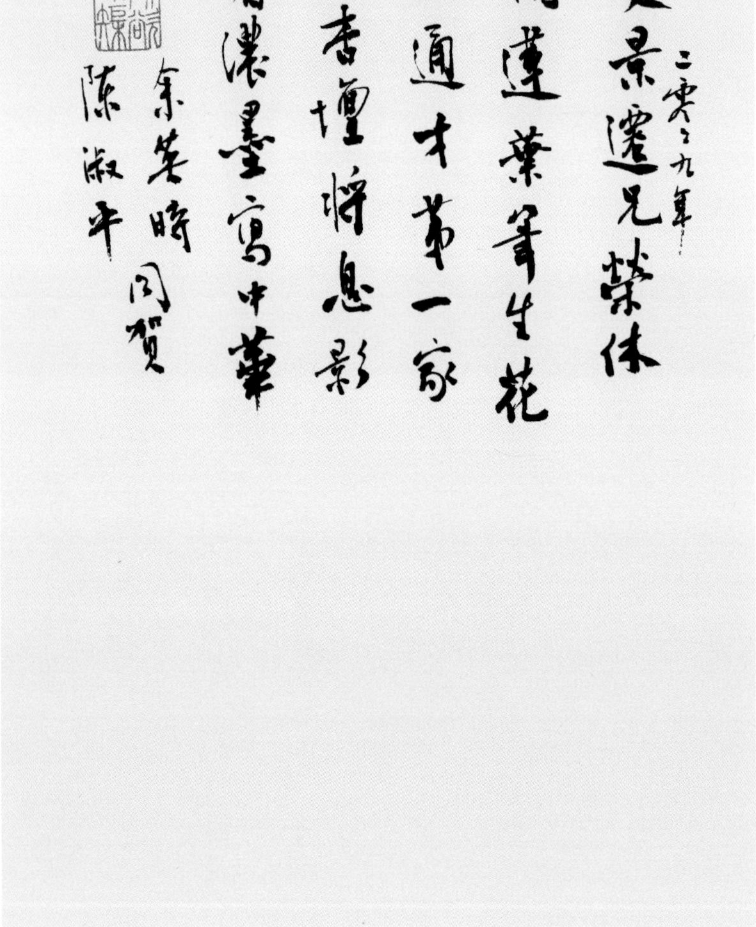
史景遷兄榮休
二〇〇九年
舌耕蓮葉筆生花
文史通才第一家
今日杏壇將息影
行看濃墨寫中華
余英時 同賀
陳淑平

史景遷兄榮休[一]

舌開蓮葉筆生花，文史通才第一家。
今日杏壇將息影，佇看濃墨寫中華。[二]

二零零九年

一 史景遷（Jonathan D. Spence），中國歷史研究學家，美國耶魯大學歷史學史特靈講座教授。

二 孫康宜：「史景遷退休的時候，余英時寫了書法，並偷偷寄給我，託我在史景遷退休會的時候親自把書法送給他，且要我翻成英文、當場唸出來。His tongue opens like the leaves of the water lily,/his brush blooms into flowers./Excelling at literature and history, a talent of the highest degree./Today he steps down from the teaching platform./Still, we await his next work on China, written in thick dark ink.」

彭國翔弟四十初度賦小詩恭賀[一]

不惑能教混沌開，達摩為此始東來。
龍場一悟緣何事，發得良知結善胎。

一　彭國翔，浙江大學求是特聘教授。二〇一〇年。

題《董橋七十》

少時浮海記潛修　文史中西一體收
下筆千言瓶瀉水　董生才調世無儔　一、
鏤金刻玉妙成篇　流水行雲說自然
昌石名言應記取　補修造化不由天　二、
陽春白雪復何疑　散墨眉批寄遠思
欲向集中尋雅趣　看他故事白描時　三、

題《董橋七十》一

少時浮海記濳修，文史中西一體收。
下筆千言瓶瀉水，董生才調世無儔。
鏤金刻玉妙成篇，流水行雲說自然。
昌谷名言應記取，補修造化不由天。
陽春白雪復何疑，散墨眉批寄遠思。
欲向集中尋雅趣，看他故事白描時。二

一　董橋，著名編輯、作家。二〇一二年。原為《董橋七十》序。
二　董橋有書名《故事》《白描》。

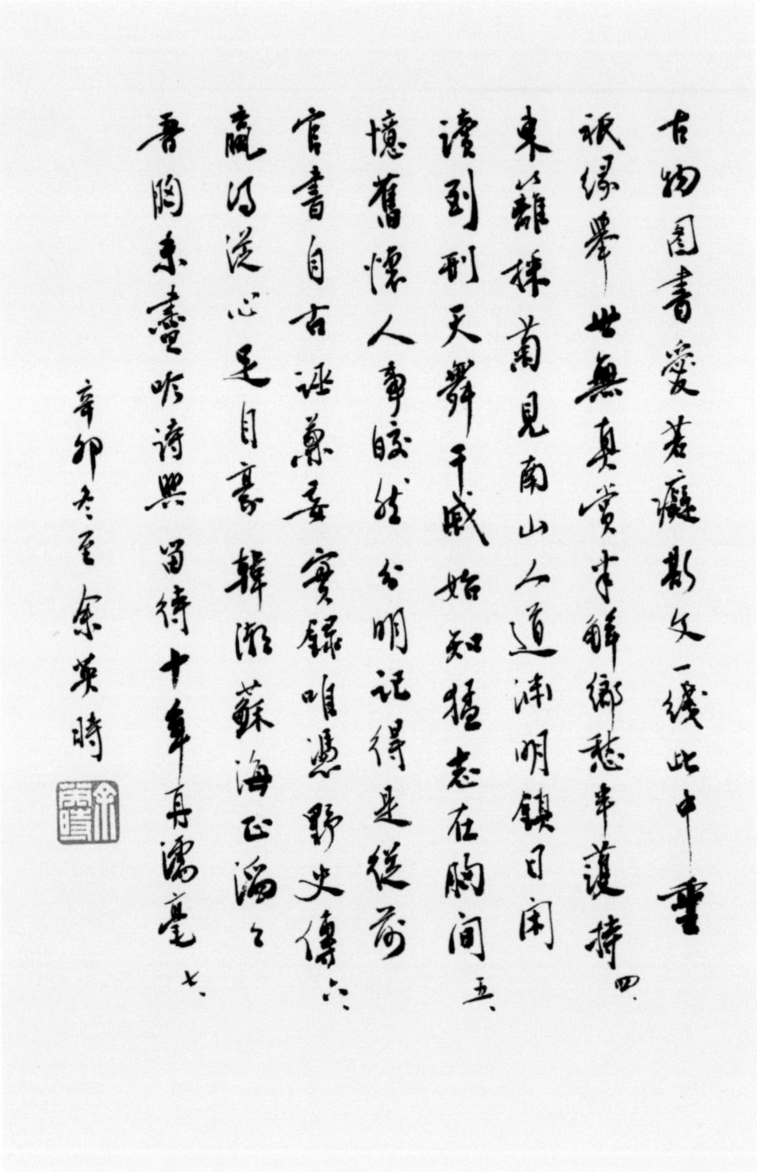
古物圖書愛若癡
斯文一綫此中垂
祇緣舉世無真賞
未解鄉愁來護持 四
東籬採菊見南山
人道淵明鎮日閑
讀到刑天舞干戚
始知猛志在胸間 五
憶舊懷人事瞭然
分明記得是從前
官書自古誣兼妄
實錄唯憑野史傳 六
亂以從心足自豪
韓潮蘇海正滔滔
晉陶未盡吟詩興
留待十年再濡毫 七
辛卯冬至 余英時
余英時

古物圖書愛若癡，斯文一線此中垂。
祇緣舉世無真賞，半解鄉愁半護持。

東籬採菊見南山，人道淵明鎮日閒。
讀到刑天舞干戚，始知猛志在胸間。

憶舊懷人事皎然，分明記得是從前。[一]
官書自古誣兼妄，實錄唯憑野史傳。

贏得從心足自豪，韓潮蘇海正滔滔。
吾胸未盡吟詩興，留待十年再濡毫。

辛卯冬至

一　董橋有書名《記得》《從前》。

題《董橋七十》　余英時

少時浮海記潛修，文史中西一體收。
下筆千言瓶瀉水，董生才調世無儔。其一

鏤金刻玉妙成篇，流水行雲說自然。
昌谷名言應記取，補修造化不由天。其二

陽春白雪復何疑，散墨眉批寄遠思。
欲向集中尋雅趣，看他故事白描時。其三

古物圖書愛若癡，斯文一綫此中垂。
衹緣舉世無真賞，半解鄉愁半護持。其四

東籬採菊見南山，人道淵明鎮日閑。
讀到刑天舞干戚，始知猛志在胸間。其五

憶舊懷人事皎然，分明記得是從前。
官書自古誣兼妄，實錄唯憑野史傳。其六

贏得從心足自豪，韓潮蘇海正滔滔。
吾胸未盡吟詩興，留待十年再濡毫。其七

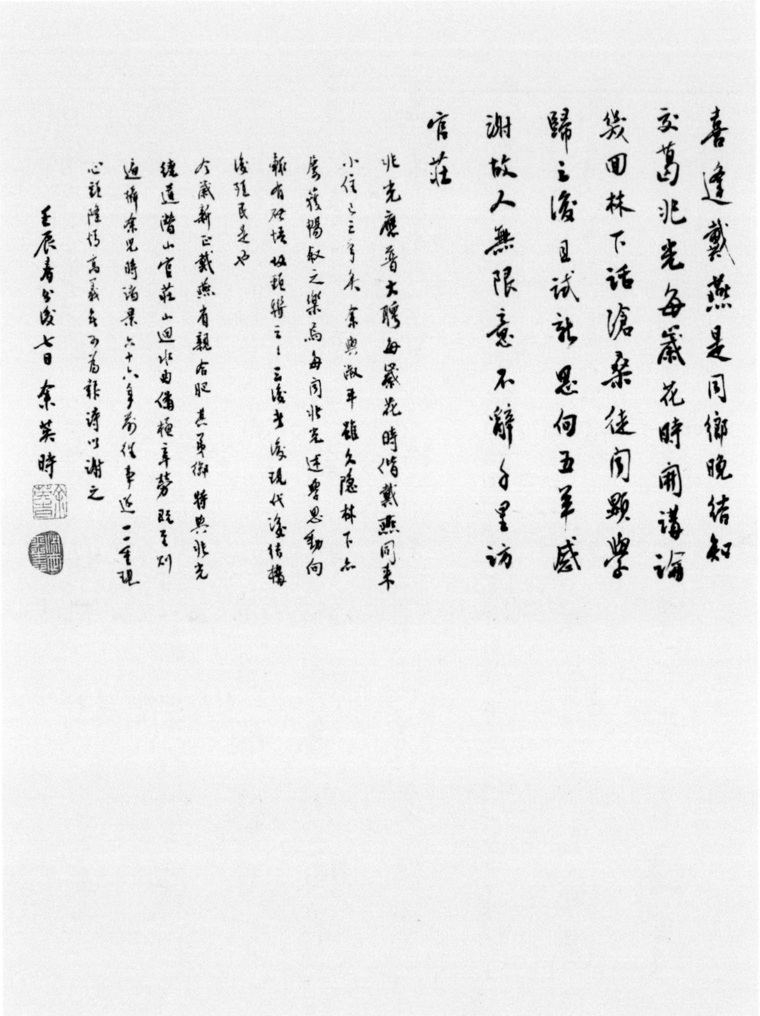
喜逢戴燕是同鄉晚結知
交萬兆光每歲花時開講論
幾回林下話滄桑徒聞顯學
歸之後且試新思向五羊感
謝故人無限意不辭千里訪
官莊
兆光應晉大聘每歲花時偕戴燕同來
小住二三月矣余與淑平雖久隱林下亦
屢獲暢敘之樂焉每聞兆光述學思動向
輒有啟悟收穫勝之之三後出後現代後結構
後殖民是也
今歲新正戴燕有親合肥其原鄉特與兆光
繞道踏山官莊山迴水曲備極辛勞既至則
遍指余兒時諸景六十八年前往事遂一一重現
心頭隆情高義矣可為非詩以謝之
壬辰春分後七日 余英時

壬辰春分後七日詩謝葛兆光戴燕一

喜逢戴燕是同鄉，晚結知交葛兆光。
每歲花時開講論，幾同林下話滄桑。
徒聞顯學歸三後，且試新思向五羊。
感謝故人無限意，不辭千里訪官莊。二

兆光應普大聘，每歲花時，偕戴燕同來小住，已三年矣。余與淑平雖久隱林下，亦屢獲暢敘之樂焉。每聞兆光述學思動向，輒有啟悟，故頸聯云云。三後者，後現代、後結構、後殖民是也。今歲新正，戴燕省親合肥，其弟御特與兆光繞道潛山官莊，山迴水曲，備極辛勞。既至，則遍攝余兒時諸景，六十六年前往事，遂一一重現心頭。隆情高義，無可為報，詩以謝之。壬辰春分後七日。

一　葛兆光，復旦大學文史研究院院長，並曾於美國普林斯頓大學等大學擔任客座教授。二〇一二年。

二　安徽安慶潛山官莊，余英時家鄉。

三聯書店自始即以創闢新知為世所重上世紀八十年代三聯創新之旨未變而復增出兼容並包之精神自是以來業績益為輝煌隱然為中國學術思想導其先路不亦卓乎茲值三聯八十周年紀念謹借龔定菴詩略易數字以當賀詞詩曰

九州生氣恃風雷萬馬齊瘖究可哀
我願三聯重抖擻不拘一格選書來

壬辰端午後五日　余英時

三聯書店八十週年[一]

三聯書店自始即以創闢新知為世所重，上世紀八十年代三聯創新之旨未變而復增出兼容並包之精神。自是以來，業績益為輝煌，隱然為中國學術思想導其先路，不亦卓乎。茲值三聯八十周年紀念，謹借龔定菴詩略易數字，以當賀詞。詩曰：

九州生氣恃風雷，萬馬齊瘖究可哀。
我願三聯重抖擻，不拘一格送書來。

壬辰端午後五日

一　生活·讀書·新知三聯書店是北京的一家書店兼出版社，主要出版人文、社會科學著作，出版「余英時作品系列」六種並《中國文化史通釋》。二〇一二年。

之棠三兄八十壽

孝友慈和累世傳，一生福澤自綿綿。
行年八十康還健，共待期頤啟壽筵。

之棠三哥、念蓉三嫂雙壽
癸巳五月

婉娥與淑平分別已近七十年與余則皆肄業燕京大學而不同時今年下訪普城聚談極歡並相約三年後米壽重來相聚淑平囑余詩以紀之因成打油二首　甲午端午後十日葉時

燕園曾作少年遊時序參商未聚頭
垂老初逢勝舊識談鋒一發不能收一

普城下訪喜追陪欣見高齡雅興開
為續清談今約定三年米壽待重來二

詩紀婉姨與淑平[一]

燕園曾作少年遊，時序參商未聚頭。
垂老初逢勝舊識，談鋒一發不能收。（其一）

普城下訪喜追陪，欣見高齡雅興開。
為續清談今約定，三年米壽待重來。（其二）

婉姨與淑平分別已近七十年，與余則皆肄業燕京大學而不同時。今年下訪普城，聚談極歡，並相約三年後米壽重來相聚。淑平囑余詩以紀之，因成打油二首。

甲午端午後十日

一　淑平，即陳淑平，余太太。二〇一四年。

悼國藩

余英時

遙憶相逢日，康橋垂柳絲。如儂三世約，微恨十年遲。只樂名初盛，談紅夢益奇。西遊成九譯，不朽復何疑。其一

自古論高士，才優德又超。交遊容灑落，出處見逍遙。名節能堅守，寒松許後凋。平生崇義氣，邪惡不輕饒。其二

悼國藩[一]

遙憶相逢日，康橋垂柳絲。
如償三世約，微恨十年遲。
失樂名初盛，讀紅夢益奇。
西遊成九譯，不朽復何疑。（其一）

一 余國藩（一九三八—二〇一五），生於香港，芝加哥大學博士，一九六九年開始執教於芝大，英譯出版《西遊記》，中央研究院院士，美國藝術與科學院院士。按：余先生二〇一五年九月五日給李奭學有關紀念余國藩先生的信中說：「第一首寫我們的初識，然後陳述他在學術上的不朽成就」；「第二首稱賞他的高潔品德，末句『邪惡不輕饒』指芝大孔子學院事」；「第三首則寫我們二人之間的關係，基本相合在於中西文化之比較研究」。余先生還特意解釋，「神鬼」句，指一九八〇年代他們一同參加一次學術會議，討論「中國文化中有關生死與鬼神」，文章又在同一期哈佛學報刊出；「薦獎」句，指余國藩兩次寫長函給Kluge基金會，「情詞懇切，別處機杼」；「獻書」句，指余國藩先生最後一部論文集。

一見真如攸解緣 契合深 東西尚比論

神鬼共投尋暮冀鷺機梯閣情賜雅

吟歎書題句在 拂拭淚沾襟 其三

自古論高士，才優德更超。
交遊寄灑落，出處見逍遙。
名節能堅守，寒松許後凋。
平生崇義氣，邪惡不輕饒。（其二）

一見真如故，都緣契合深。
東西尚比論，神鬼共披尋。
薦獎驚機杼，關情賜雅吟。
獻書題句在，拂拭淚沾襟。（其三）

賀淑平漢曆八十初度

這回生辰從漢曆賀卿八十載八七
相知相愛五四年晚歲互持安且逸
愧我盡在衛護中事無大小皆卿力
蔚齋純厚復閑情如此人生何處覓

丙申佛誕日 英時敬獻

賀淑平漢曆八十初度[一]

這回生辰從漢曆，賀卿八十我八七。
相知相愛五四年，晚歲互持安且逸。
愧我盡在衛護中，事無大小皆卿力。
蔚蘅純厚復關情，如此人生何處覓。

丙申佛誕日

一　陳淑平，即余夫人。二〇一六年。

談笑居然八十翁
康橋回首記初逢
環滁故里吟歐九
浮海新民語任公
幽暗已成今古意
圓融欣見一家同
與君共入道遠境
莫教塵緣更惱儂

一九五九年初逢瀨兄於康橋詢以祖籍曰滁縣並吟
歐公環滁皆山也為記迄今記憶猶新今歲兄八十詩以壽之

瀨兄
融姊　雙壽

丙申七夕後三日　英時
淑平　同敬賀

壽張灝八十[一]

談笑居然八十翁，康橋回首記初逢。
環滁故里吟歐九，浮海新民話任公。[二]
幽暗已成千古患[三]，圓融欣見一家同。
與君共入逍遙境，莫教塵緣更惱儂。

一九五九年初逢灝兄於康橋，詢其祖籍，曰滁縣，並吟歐公「環滁皆山也」為證。迄今記憶猶新。今歲兄八十，詩以壽之。

灝兄、融姊雙壽

一　張灝，哈佛大學博士，香港科技大學人文學部榮休教授、中央研究院院士。《劍橋中國史》晚清部分的撰稿人之一。二〇一六年。

二　原註：灝兄博士論文研究梁任公，以其《新民說》為始點。

三　原註：「幽暗」指其「幽暗意識」之名作。

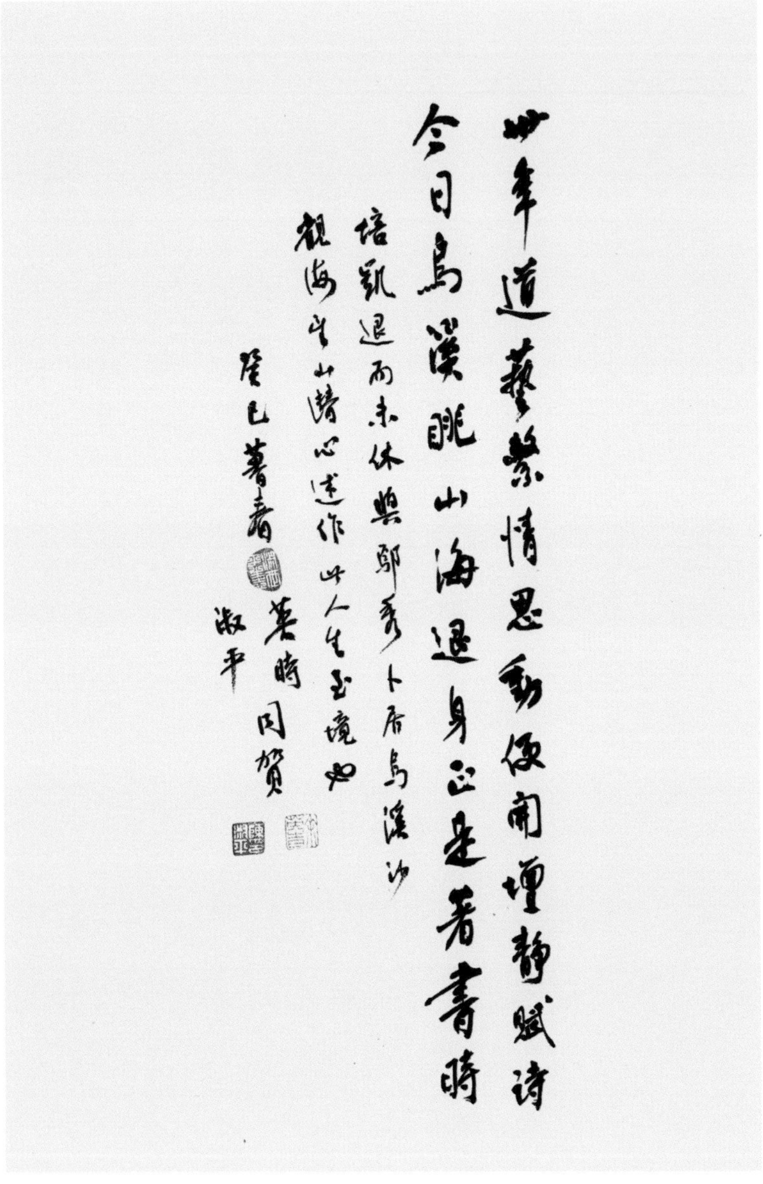
卅年道藝縈情思
動停開壇靜賦詩
今日烏溪眺山海
退身正是著書時
培凱退而未休與鄭秀卜居烏溪沙
觀海望山潛心述作此人生至境也
癸巳著青
萬時同賀
淑平

鄭培凱香港城市大學退休[一]

卅年道藝繫情思，動便開壇靜賦詩。
今日烏溪眺山海，退身正是著書時。

培凱退而未休，與鄭秀卜居烏溪沙，觀海望山，潛心述作，此人生至境也。

一 鄭培凱，耶魯大學歷史學博士，哈佛大學費正清研究中心博士後。退休前為香港城市大學中國文化中心主任。

盛永曉子、寒庵真珍將返東京定居，詩以贈行一

三十年間記兩家，公情私義共生涯。
經營學社同甘苦，觀賞優曇度歲華。
迢遞京都山下路，崢嶸古寺雨中車。
永懷陶染無窮樂，江戶遙思慕遠霞。

一　二〇一八年。按：寒庵真珍即普林斯頓大學東亞系日本史教授Martin Collcutt，其夫人盛永曉子精於製陶染織，從普大退休之後，二〇一八年返回日本東京定居，這是送別時所作。

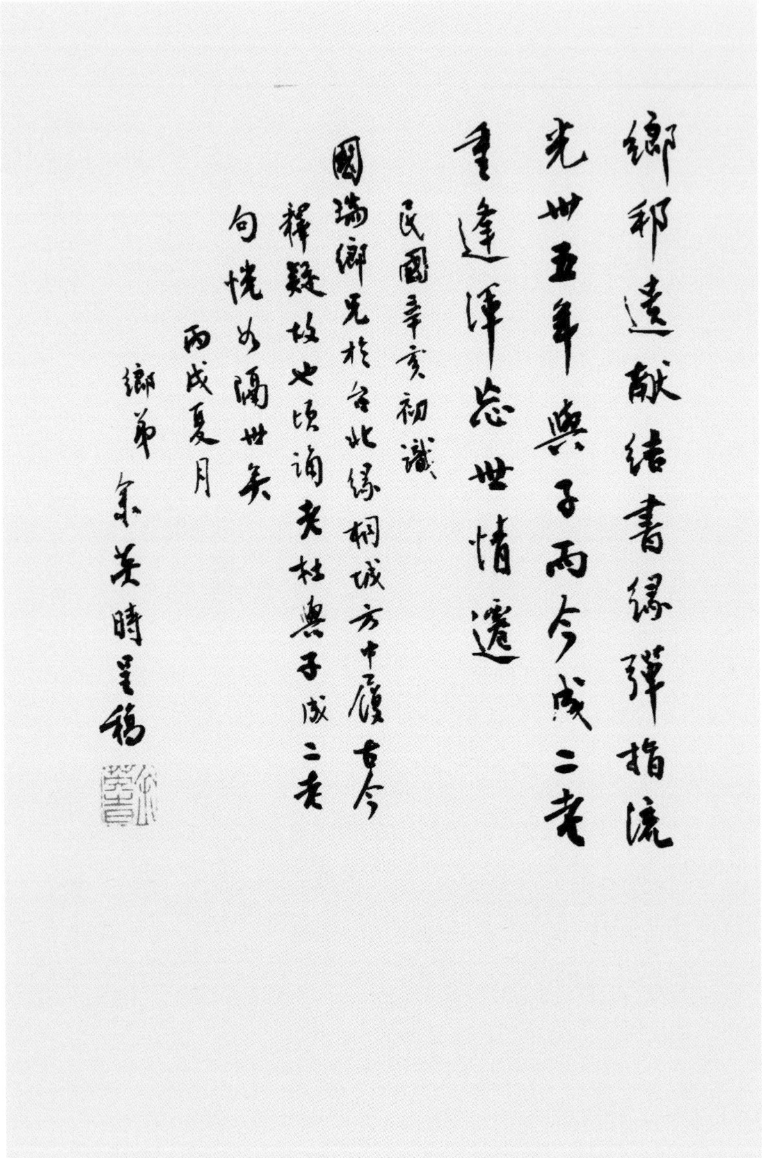
鄉邦遺献結書緣彈指流
光卅五年與子而今成二老
重逢渾忘世情遷
民國辛亥初識
國瑞鄉兄於台北緣桐城方中履古今
釋疑故也頃詢老杜與子成二老
句恍如隔世矣
丙戌夏月
鄉弟 余英時呈稿

詩贈國瑞鄉兄一

鄉邦遺獻結書緣，彈指流光卅五年。
與子而今成二老，重逢渾忘世情遷。

民國辛亥初識國瑞鄉兄於台北，緣桐城方中履《古今釋疑》故也。頃誦老杜「與子成二老」句，恍如隔世矣。鄉弟余英時呈稿

一 劉國瑞，原臺北聯經出版公司發行人。

當時開筆欲迴天今日重思
徒悔慚回首卅年聊自解有言
畢竟勝無言

二十一世紀創刊余亦恭與其盛當時妄欲
藉文字以挽世運今日回顧徒自慚耳
茲值卅年之慶感賦小詩為賀

二〇二〇年九月 余英時

賀《二十一世紀》卅年[一]

當時開筆欲迴天，今日重思徒悔慚。
回首卅年聊自解，有言畢竟勝無言。

《二十一世紀》創刊，余亦恭與其盛。當時妄欲藉文字以挽世運，今日回顧，徒自慚耳。茲值卅年之慶，感賦小詩為賀。二〇二〇年。

一　《二十一世紀》雙月刊，一九九〇年十月香港中文大學中國文化研究所創辦。

後記

跟金耀基先生討論並徵得陳淑平師母同意編輯本詩集，隨後我們又徵詢了多位師長的意見。孫康宜教授傳來〈詩言志：余英時的思想與他的詩歌〉，這是一個非常有見地的視角，「余先生寫的詩歌數量很多，而且是他思想中很重要的一部分，見證了中國文人自古以來所遵循的『詩言志』傳統，就是說：一個人寫詩，是為了表達個人的意志、內心的情感，而且是最重要的意志、最重要的情感。」葛兆光、邵東方先生提供了他們多年搜集到的幾十首詩作。董橋先生保存八十年代《明報月刊》時期與余先生的書信，俾我們感受到作者寫作和發表〈悼周恩來〉〈丙辰中秋紀事〉〈讀寒柳堂集〉〈訪大陸感懷〉〈壽錢賓四師〉等重要詩作的情懷。余先生曾回憶，「大概十二三歲就接觸唐詩、宋詞，因為記起來容易，比較喜歡，接着便學會平仄，試作五、七言絕句」，「在桐城受到一些『斗方名士』的影響，對舊詩文發生了進一步的興趣。我的二舅父張仲怡先生能詩、善書法……常和桐城名士來往，我從他們的交談中，偶爾學得一些詩文的知識。」周言兄則從《楊聯陞日記》追溯到余先生最早的詩詞創作是在哈佛博士畢業後，尤其是和楊聯陞師之間的唱和。

從一九六四年的為蓮生師祝壽詩，到余先生自己有份參與創刊的《二十一世紀》卅週年賀詩，余先生舊體詩寫作歷時近六十年，雖未結過集，也曾謙稱無意印行詩集，但現在收錄在此的逾百首詩詞，其中約七十首曾經以不同的方式，先後發表在書刊雜誌，另外三十多首則是首次刊行於本詩集。

本書承蒙鄭培凱教授主持，大體按如下的編輯原則：一、編年順序，盡可能包括能搜集到的所有詩詞。二、根據作者手跡校正詩作流傳時出現的訛誤和異文。三、保留作者原註，並補充作者本人在其他文本的互文解釋。四、原詩為贈詩、唱和詩的，附錄簡單介紹和唱和作品。五、附錄詩作的墨書手跡，部份詩作保留重複的不同版本。

本書的編輯出版，得到諸多師友（參見鳴謝頁）的幫助和支持，在此特別感謝嚴志雄教授的校訂，邵東方、董明、周言兄為搜羅余先生墨跡的努力。書前照片，為多年來余先生寄贈董橋先生所存，錄此以為誌念。

林道群　二〇二二年元月於香港

余英時(1930–2021)，祖籍安徽潛山，燕京大學肄業，香港新亞書院首屆畢業，師從錢穆和楊聯陞先生，獲哈佛大學歷史學博士。歷任香港中文大學新亞書院院長兼中大副校長、哈佛大學、耶魯大學、普林斯頓大學講座教授、中央研究院院士，以思想推動歷史，著作等身，曾獲美國國會圖書館克魯格人文與社會科學終身成就獎、首屆唐獎。唐獎的頒獎詞曰余先生「深入探究中國歷史、思想、政治與文化，以現代知識人的身份從事中國思想傳統的詮釋工作，闡發中國文化的現代意義，論述宏闊、見解深刻，學界久已推為海內外治中國思想、文化史之泰斗。」余英時是一位思想家、歷史學家，更是一位傑出的詩人。

ISBN 978-988-761-481-4
9 789887 614814

余英時詩存